일본 여성작가선

―고대에서 근대까지―

일본 여성작가선

—고대에서 근대까지—

김정례·조아라 편역저

경진
출판

여성작가로 읽는 일본문학

일본 여성운동가이며 평론가였던 히라쓰카 라이초(1886~1971)는 일본 최초의 여성잡지를 발간하며 이렇게 썼다.

> 태초에 여성은 태양이었다. 진정한 사람이었다. 지금 이 시대, 여성은 달이다. 타인에 기대어 살며 타인의 빛으로 빛나는 환자처럼 창백한 달이다. 이제 우리는 숨겨져 있던 우리의 태양을 되찾아야 한다.
> ─『세이토(青鞜)』 창간호(1911)의 발간사 서두

라이초가 말하는 '태양'은 일본신화 속 최고의 신, 이른바 태양을 상징하는 아마테라스(天照)이다. 아마테라스는 여성으로서 두 남동생(스사노오와 쓰쿠요미)을 제치고 최고신의 자리를 차지했다. 그런

가 하면, 이 일본신화에서 처음으로 이성에게 '사랑의 말'을 건넨 것은 아마테라스의 부모 격에 해당하는 여신 이자나미였다.

이자나미는 일본을 만들라는 하늘의 명을 받고 지상으로 내려와서 함께 온 이자나기 신과 합의 하에 궁전의 기둥을 돌고난 후, 이렇게 말을 걸었다. "정말 잘생긴 남자로구나!" 그러자 이자나기도 "정말 사랑스럽고 어여쁜 여자로구나!"라고 화답했다. 그렇게 맺어진 그들은 일본 섬들을 낳았지만 모두 실패작이었다. 상심하여 하늘로 올라가 물었을 때, 하늘의 신들은 말했다. "여자가 먼저 말을 한 것은 좋지 못하다. 다시 내려가 새롭게 고쳐 말하라!" 그리하여 둘은 다시 지상으로 내려와서 이번엔 이자나기가 먼저 "정말 사랑스럽고 어여쁜 여인이로구나!" 하고 말을 걸고 이자나미가 대답함으로써 성공적으로 일본의 섬들, 그리고 이 섬에서 살아갈 인간들과 온갖 존재들을 낳았다.

일본 창세신화 속 이 능동적인 여신의 서사 형성과정에 대해서는 여러 가지 설이 있지만, 여성이 주도하던 고대의 모계사회적 신화가 8세기 초반의 기록 단계, 이른바 일본 최초의 신화서 『고사기』(712)와 역사서 『일본서기』(720) 편찬 시기의 가부장적인 관념의 영향을 받았을 것이라는 학설이 지배적이다.

그런데 신화뿐만 아니라 역사적으로도 7세기 이전까지의 일본 여성은 남성과 비교적 동등하고 평등한 삶을 살았음을 엿볼 수 있다. 많은 여성 수장들이 존재했고 다양한 계층 여성들의 문학활동이 남아 있기 때문이다. 예를 들면 앞서 언급한 『고사기』, 『일본서기』

외에도 시가집 『만요슈』(759)는 신화 속 여신들이 읊은 시, 스이코 천황(推古, 554~628), 지토 천황(持統, 645~703) 등의 여성 천황이 읊은 시, 그리고 일반인 여성들의 시를 다수 수록하고 있다. 또한 여성 천황을 대신해 시를 짓던 대작 시인 누카타노오키미(額田王, 631?~690?)라는 걸출한 여성 시인의 면모를 기록하고 있다. 나아가 세계 최초의 장편소설 『겐지 모노가타리』와 일본 최초의 수필집 『마쿠라 노소시』를 필두로 한 11세기 전후 일본 여성작가들의 작품 활동은 실로 눈부시다. 이처럼 고대 일본에서 여성작가들의 문학활동은 역 동적이었다.

그러나 이후 12세기 중반에 시작된 교토 귀족사회의 몰락, 그리고 13세기 초반 본격적으로 시작된 무가사회의 도래와 함께 여성의 활동은 제한되고 억압당했다. 이후 19세기 중반까지 이어진 무사들 의 시대에 여성작가의 목소리는 거의 사그라들고 겨우 명맥을 유지 했다.

메이지 유신(1868) 이후, 이른바 입헌군주제를 기반으로 한 근대 국가 일본은 표면적으로는 여성에게도 남성과 같은 권리를 부여했 다. 문명개화의 시대를 맞이해 여성의 교육이 의무화되고 다양한 직군에서 여성들의 활약이 눈에 띄게 늘었다. 하지만 여성이 진정한 의미로 자신들의 목소리를 내기까지는 요원했다. 부국강병의 '제국' 을 꿈꾸던 일본에게 여성은 건강하고 훌륭한 나라의 일꾼을 낳고 기르며 남편을 내조하는 '현모양처'의 덕목이 가장 우선시되었기 때문이다. 일본에서 여성참정권은 제2차 세계대전에서 패배하고 난

후 1946년에야 부여되었다.

이처럼 여성에 대한 차별과 억압이 만연했던 시대, 일본 여성작가들은 부당한 사회제도에 맞서 싸우거나 시대에 순응하고 버텨내며 문학활동을 이어갔다. 그들의 문학적 성과는 빛났지만, 그들 중 작가로서 제대로 인정받는 이는 많지 않았다. 예컨대 일본의 교과서에 작품이 수록된 작가는 고전에서는 무라사키 시키부와 세이 쇼나곤, 근대는 히구치 이치요와 요사노 아키코 정도일 것이다.

이 책은 고대부터 근대까지의 일본문학 속 여성작가에 주목하여 시대에 순응하거나 맞서 싸웠던 그들의 역사를 톺아보기 위한 자료로서 각 시대의 여성작가들의 작품을 선별하여 번역하고 해설을 시도한 것이다. 모쪼록 이 책을 통해 일본 여성작가와 문학의 텍스트 읽기가 깊어지기를, 그리하여 일본 여성문학의 역사성과 현대성을 조명하고 특수성과 보편성에 대한 이해와 관심이 깊어지기를 기대한다. 나아가 젠더 문제를 포함한 오늘날 우리가 안고 있는 여러 문제를 사유하고 통찰하는 길잡이가 되기를 기대한다.

2023년 2월
김정례

1. 이 책에서 인용한 문학작품의 한국어 번역은 저자에 의한 것이다. 일본어 원문 텍스트 및 선행 한국어 번역서는 참고문헌에 따로 정리했다.
2. 텍스트의 원문 표시는 고대가요(歌謠)와 와카(和歌)와 하이쿠(俳句)의 경우만 병기했다.
3. 고대가요나 와카를 '시'로 통칭하고 상황에 따라 '노래'로도 칭했다. 또한 일본에서는 고대가요나 와카의 작자는 '가인(歌人)', 하이쿠의 작자는 '하이진(俳人)'이라고 하지만, 이 책에서는 가독성을 높이기 위해 '시인'으로 통칭하였으나 상황에 따라 '가인(歌人)'과 '하이진(俳人)'도 함께 사용했다.
4. 와카와 하이쿠는 각각 3행으로 번역했다. 단, 일본어의 '4음1박 설'을 바탕으로 와카의 5·7·5·7·7과 하이쿠의 5·7·5의 음수율은 5음과 7음 모두 2음보(박)로 환산했다. 따라서 한국어의 음보율(4음1박)을 적용하여 와카는 2·4·4음보, 하이쿠는 2·2·2음보를 기준으로 번역했다.
5. 직급이나 직명이 한국과 일치하지 않은 명칭이더라도 가독성을 높이기 위해 가장 가까운 단어를 사용했다.
   예: 후지쓰보 뇨고=후지쓰보 황후, 아오이노우에= 아오이 등
6. 인명과 지명 등 고유명사는 모두 일본음으로 표기했다. 단, 지명의 경우 일본의 고유 행정지역 명칭인 縣·町 등은 한국음으로 표기했다. 또 江·山·神社 등 한국에서도 사용하는 한자가 끝에 들어가는 고유명사는 앞부분만 일본음으로 표기하고, 江·山 등은 한국음으로 표기했다. 그 외 한글 표기는 원칙적으로 현행 '한글맞춤법'의 〈외래어의 한글표기법〉에 따랐다.
7. 이 책에서 사용한 부호는 다음과 같이 표기했다.
   『 』: 단행본으로 간행된 서명 및 잡지명, 신문명
   「 」: 논문, 한시 제목
   〈 〉: 영화, 연극 제목, 인용시(한시, 와카, 하이쿠)
   " ": 인용문이나 대화문
   ' ': 하이쿠 해설, 강조문
8. 권말에 단어 및 시인 이름, 작품 색인을 함께 제시했다.

차례

제1장 고대의 여성작가와 작품

일본의 고대는 기원전 전설의 시대를 포함하기도 하지만 주로 소국들이 통일국가를 만들고 천황에 의한 중앙집권제를 확립한 야마토시대(300년 경~710)와 나라시대(奈良時代, 710~794)를 말한다. 이 시기는 원시시대 사회구조가 붕괴되는 가운데 국가가 성립되어 가는 역사적인 전환기였다.

고대 일본인들은 집단생활을 하면서 자연을 찬미하고 신들을 두려워하며 농경, 수렵, 사랑, 장례 등을 자연의 한 모습으로 보고 모든 것을 신의 섭리로써 받아들였는데, 이러한 과정에서 음악이나 제례의식이 행해졌다. 이때 인간의 희망을 담은 주문이나 집단의 감정을 담은 무용, 노래 등이 생겨나 이로 인해 문학이 발생했다. 하지만 철기문화의 유입과 함께 생산기술이 비약적으로 발전되자 주술신앙은 쇠퇴했고 가요와 주문은 제례의식에서 분리되었다. 종교적인 의미에서 벗어나 노래하는 행위 자체의 즐거움과 의의를 추구하게 되면서 문학 또한 제례의식에서 독립했다.

나아가 중국 대륙 및 한반도 문화의 유입을 바탕으로 일본 고유의 문학이 싹트기 시작하여 구승문학에서 기록

그림 1. 〈아마노누보코로 창해를 휘젓는 이자나기와 이자나미〉(고바야시 에타쿠, 1880년대 중반, 보스턴미술관 소장)

문학으로 진전해 갔다. 특히 5~6세기에는 한자의 보급으로 지식을 중시하는 시대가 시작되었고, 유교의 보급으로 새로운 사회질서가 형성되었다. 또한 율령제도의 도입으로 관료제도가 생기고 불교의 보급에 따라 많은 사원이 만들어졌다. 따라서 경제와 문화가 중앙으로 집중하게 되었고 도읍지 나라의 황족과 귀족은 축적된 부와 불교를 배경으로 화려한 귀족문화를 꽃피웠다.

이 시기에 신화집 『고사기(古事記)』(712), 역사서 『일본서기(日本書紀)』(720), 지리서 『풍토기(風土記)』(713), 시가집 『만요슈(萬葉集)』(759 이후 추정) 등이 편찬되었다. 『만요슈』는 만요가나(万葉仮名)라는 표기법으로 기록되었는데, 이는 한자의 음과 뜻을 빌려 일자일음의 원칙을 취하는 표기법이다. 『고사기』와 『일본서기』도 본문은 한문으로 쓰고 시가는 만요가나로 표기했다. 이는 구승문학에서 기재문학으로 이행된 것을 나타낸다.

이 시기의 문학자로서는 『만요슈』의 최다 시 수록자이며 편집자로 추정되는 오토모노 야카모치(大伴家持, 718~785) 등이 잘 알려져 있으나 여성들도 활발하게 창작 활동을 했다. 『고사기』, 『일본서기』, 『만요슈』에는 신화 속 여신이 읊었다고 일컬어지는 시, 스이코 천황(推古, 554~628), 지토 천황(持統, 645~703) 등의 여성 천황이 읊은 시와 더불어 일반인 여성들의 시도 다수 실려 있다. 또 누카타노오키미(額田王, 631?~690?)라는 여성 시인은 여성 천황을 보필하며 천황을 대신해 시를 짓는 전문 대작 시인으로 활약하기도 했다. 다만 『만요슈』에 남아 있는 여성의 시는 여성 천황이 아니면 대부분 친족들이 모인 자리에서 읊어졌고, 유랑 예능인 우카레메(遊行女婦)가 지방 연회에 참석해서 읊은 시도 『만요슈』의 편집자인 오토모노 야카모치의 주변인물에 한정되어 있다는 한계가 있다. 이런 점을 감안하면 고대 여성들의 창작활동은 활발했으나 남성에 비하면 제한적인 상황에 놓여 있었다는 것을 알 수 있다.

이처럼 고대의 여성과 남성이 비교적 동등한 삶을 살았으며 수많은 여성 수장 및 여성 천황들이 존재했다는 것은 사실이다. 훗날 일본 근대 초기 여성작가이자 운동가였던 히라쓰카 라이초(平塚雷鳥, 1886~1971)는 여성잡지 『세이토(靑鞜)』(1911)의 창간호에서 고대의 여성에 대한 발간사 「태초에 여성은 태양이었다(元始、女性は実に太陽であった)」를 썼다. 당시의 여성들도 고대의 여성들처럼 스스로 빛나는 태양이 되기를 바라며 용기를 북돋기 위해 쓴 글이었다. 이러한 경향은 7세기 말 이후 중국의 영향을 받아 확립된 율령제 국가체제의 안착과 더불어 여성의 사회, 정치 참여는 축소되고 남성우위의 방향으로 서서히 바뀌게 된다.

고대의 여성들은 비교적 남성들과 동일하게 사랑을 하고, 노동을 하고, 창작활동을 했다. 그런 여성들의 삶이 생생하게 나타나 있는 것이 고대의 문학이며 상상 이상으로 솔직하고 대담한 면을 엿볼 수 있다.

고대 여성문학 1

: 신화 『고사기(古事記)』

[고대 가요와 여성시인들]

『고사기』의 기(記)와 『일본서기』의 기(紀)를 합하여 기기(記紀, 일본어로는 '기키'라고 함)라고 부르며, 두 사서에 수록된 240수(중복된 것을 제하면 190수)의 가요를 기기 가요(記紀歌謠)라고 한다. 현존하는 가요 중에서 가장 오래되었으며 초기에는 다양한 형식의 음률이 있었으나 점차 일본 정형시의 음수율인 5·7조 음률이 자리잡게 된다. 고대 가요는 제례와 연회, 노동과 연애 및 장례 등 고대인의 생활 전반에서 불렸으며, 소박한 감정이 넘쳐난다.

한편 『고사기』에 등장하는 시들의 성립 과정이나 작자에 대해서 정확하게 알 수 없는 부분이 많다는 것이 현재의 정설이다. 『고사기』

는 원래 야마토(大和, 일본 천황가의 선조)를 중심으로 국토가 통합되어 간다는 논리를 기술한 신화서적 성격이 강한 역사서이다. 따라서 수록된 시들의 작자 및 성립과정은 '전설' 또는 '설화'의 영역에 해당하는 경우가 많다. 예를 들어 젊고 예뻤던 소녀 아카이코(赤猪子)가 한 때 사랑에 빠졌던 유랴쿠 천황(雄略, 418~479)과 헤어지며 그의 명령대로 80년 가까이 기다리다 노인이 된 후 천황과 재회해 읊었다는 시를 보아도 그렇다. 80년의 세월이 흘러 아카이코는 늙고 추해졌지만 유랴쿠 천황은 전혀 늙지 않은 것처럼 묘사되어 있기 때문에 실존했던 일이 아니라는 것이다. 늙지 않고 위풍당당한 천황의 모습을 찬양하기 위해 아카이코라는 가공된 인물을 만들었다는 설, 혹은 결혼적령기의 처녀들에게 결혼을 장려하기 위해 만들어진 이야기라는 설이 유력하다.

즉 신화 속의 시는 실제 여성이 읊었는지 편찬자인 남성이 대필했는지조차 불분명하다. 이 같은 상황은 11세기 전후에 활약한 무라사키 시키부(紫式部, 978?~1014?)나 세이 쇼나곤(清少納言, 966?~1025?) 같은 실제 여성작가들을 논하는 것과는 다르다. 하지만 아카이코의 시처럼 『고사기』와 『일본서기』에 수록된 가요들의 작자와 성립 과정이 역사적 사실이라고 확신하기 어렵더라도 '여성'이 작자라고 되어 있는 어떤 시(가요)를 작품 내부에서 짚어보는 의미는 크다. 이는 고대 일본을 살았던 당시 사람들이 여성을 어떻게 조형하고 있는지 가늠하는 길로 이어지기 때문이다. 나아가 문학 속의 여성들, 문학 속에서 여성들이 지은 시를 살펴보는 것은 당시의 여성이 어떤 식으로 인식되는지를 알 수 있는 통로이기도 하다.

[신들과 인간의 역사 속 여성: 『고사기(古事記)』 읽기]

야치호코 신과 누나카와히메의 증답가*

야치호코 신께서

아내를 얻고자 애쓰시다가

멀고 먼 고시 지방에

현명한 아가씨가 있다는 얘기를 들으시고

결혼을 하려고 가셨는데

결혼을 하려고 여러 번 가셨는데

---

* 야치호코는 오쿠니누시의 별칭이며 일본 신화에서 대지의 신 쿠니쓰카미를 대표
하는 신으로 유명한 바람둥이였다. 이 설화는 야치호코 신이 고시 지방(高志, 지금
의 호쿠리쿠北陸 지방)에 사는 아름다운 누나카와히메를 아내로 삼고자 찾아가
그의 방문 앞에서 문을 두드리며 부른 구혼의 노래와 누나카와히메의 답가이다.
이들이 주고받은 시는 사랑하는 남녀 사이에 오간 일본문학사상 최초의 문답가이
다. 『고사기』에는 기록되어 있지만 『일본서기』에는 등장하지 않는다.
　　한편, 스사노오의 후손으로서 일본(지상)을 통치하고 있던 오쿠니누시(야치호
코)는 아마테라스의 명령으로 지상으로 내려온 그의 손자 니니기에게 통치권을
양보하고 운둔함으로써 일본의 정면에서 사라졌다. 하지만 이 국토이양신화에서
패자에 해당하는 오쿠니누시는 건국의 신, 농업의 신, 상업의 신, 의료의 신 등으로
현재까지 추앙받고 있다. 그는 일본신화 속에서 가장 유명한 바람둥이이며 스사노
오의 딸 스세리비메, 누나카와히메 등 많은 여신과 결혼하여 많은 자식을 두었다.

큰 칼의 끈도 아직 풀지 않고

겉옷도 아직 벗지 않은 채

아가씨 잠든 방의 창문을

두드리고 흔들면서 서 있는데

당기고 당기면서 서 있는데

푸른 산에서는 호랑지빠귀가 우네

들에서는 꿩이 훼를 치네

뜰에서는 닭들이 우네

우는 저 새들이 내 화를 돋구는구나

아마 씨 심부름꾼이여

이런 새들은 죽여버리거라

八千矛の 神の命は 八島国に 妻枕きかねて 遠々し 高志国に 賢し女を
有りと聞かして 麗し女を 有りと聞こして さ婚ひに あり立たし 婚ひに
あり通はせ 大刀が緒も 未だ解かずて 襲をも 未だ解かね 嬢子の 寝すや
板戸を 押そぶらひ 我が立たせれば 引こづらひ 我が立たせれば 青山に
鵺は鳴きぬ さ野つ鳥 雉はとよむ 庭つ鳥 鶏は鳴く 心痛くも 鳴くなる鳥
か この鳥も 打ち止めこせね いしたふや 海人馳使 事の語言も 是をば
_야치호코

야치호코 신이시여

저는 연약한 풀과 같은 여인이옵니다

저의 마음은 물가의 새와 같습니다

지금은 제 마음대로 하는 저의 새이지만

나중에는 당신의 새가 될 터인데

새들을 죽이지 마시어요

하늘을 나는 심부름꾼 새여

이 말씀을 전해주시어요

푸르른 산에 해가 지면

캄캄한 밤이 오겠지요

당신은 아침 해처럼

환하게 웃는 얼굴로 오시어

닥나무처럼 희고 흰 저의 팔을

가랑눈처럼 싱싱한 저의 가슴을

살짝 만지시고 어루만지면서

옥처럼 아름다운 저의 팔을 베개 삼아

두 다리를 펴고 잠드시게 될 터이니

그리 애타게 사랑을 구하시지 마시어요

야치호코 신이시여

이 말씀을 전하옵니다

八千矛の 神の命 萎草の 女にしあれば 我が心 浦渚の鳥ぞ 今こそは 我
鳥にあらめ 後は汝鳥にあらむを 命は な殺せたまひそ いしたふや 海人
馳使 事の語言も 是をば 青山に 日が隠らば ぬばたまの 夜は出でなむ
朝日の 笑み栄え来て 栲綱の 白き腕 沫雪の 若やる胸を そだたき たた

きまながり 真玉手 玉手さし枕き 股長に 寝は寝さむを あやに な恋ひ聞

こし 八千矛の 神の命 事の 語言も 是をば

__누나카와히메

그리하여 야치호코 신과 누나카와히메는 그날은 그냥 보내고 다음 날 밤 결혼하셨다.

바람둥이 야치호코 신과 질투하는 여신 스세리비메*

야치호코 신은 아내가 있는데도 고시 지방의 누나카와히메를 찾아가는 등 바람둥이었기에 그의 아내 스세리비메는 가슴앓이를 하고 질투도 심했다. 이를 좋지 않게 생각한 야치호코는 이즈모에서 야마토 쪽으로 갈 채비를 하면서 한쪽 손은 말안장을 잡고 한쪽 발은 등자(鐙)에 올린 채 스세리비메에게 이렇게 노래했다.

검정색 의복을
정중하게 제대로 갖춰 입고서
물새가 가슴팍 털 고르며 파닥이듯이
소매를 펼쳐보건만 이건 어울리지 않는구나

---

* 오쿠니누시(야치호코)가 누나카와히메를 찾아가는 자신을 나무라는 아내 스세리비메를 구슬리며 부르는 노래이다. 스세리비메는 스사노오의 딸로 일본신화에서 가장 유명한 바람둥이이기도 했던 남편을 향한 질투로도 유명하다. 『고사기』 참조.

파도 밀려오는 그곳에 벗어던져버리고

비취색으로 빛나는 푸른 의복을

정중하게 제대로 갖춰 입고서

물새가 가슴팍 털 고르며 파닥이듯이

소매를 펼쳐보건만 이것도 어울리지 않는구나

파도 밀려오는 그곳에 벗어던져버리고

산밭에 심었던 꼭두서니 나무

뿌리를 찧어서 물들인 의복을

정중하게 제대로 갖춰 입고서

물새가 가슴팍 털 고르며 파닥이듯이

소매를 펼쳐보니 이제야 어울리는도다

사랑스런 나의 아내여

새들처럼 내가 무리지어 모두 가고 난 후

앞서 나는 새처럼 내가 모두 이끌고 가고 난 후

울지 않겠다고 당신은 말하지만

산자락에 서 있는 한 줄기 참억새처럼

머리를 숙이고서 당신은 울게 되겠지

아침녘 내린 비 속 안개처럼 한숨이 서리게 되겠지

사랑스런 아내여

이 말을 전하오

ぬばたまの 黒き御衣を まつぶさに 取り装ひ 沖つ鳥 胸見る時 はたた
ぎも 此れは適はず 辺つ波 背に脱き棄て 鴗鳥の 青き御衣を まつぶさに

取り装ひ 沖つ鳥 胸見る時 はたたぎも 此も適はず 辺つ波 背に脱き棄て
山県に 蒔きし 異蓼舂き 染木が汁に 染め衣を まつぶさに 取り装ひ 沖
つ鳥 胸見る時 はたたぎも 此し宜し いとこやの 妹の命 群鳥の 我が群
れ往なば 引け鳥の 我が引け往なば 泣かじとは 汝は言ふとも やまとの
一本薄 項傾し 汝が泣かさまく 朝雨の 霧に立たむぞ 若草の 妻の命 事
の 語言も 是をば

_야치호코

야치호코 님
나의 오쿠니누시(大國主神) 님이시여*
당신은 그야말로 남자이시니
가시는 숱한 섬들의 곳마다
가시는 숱한 해변마다
싱싱한 젊은 여인을 거느리시겠지요
하지만 여인인 저는
당신 말고 다른 남자는 없으며
당신 말고 다른 남편은 없답니다
하늘하늘 비단 휘장 드리워진 곳에서

---

* 아버지(스사노오)의 반대를 무릅쓰고 야치호코(오쿠니누시)와 결혼했던 스세리
비메가 누나카와히메에게 가는 남편을 심하게 질투하자 자신을 달래며 불렀던
노래에 답한 노래, 이른바 증답가이다. 솔직한 마음을 노래로 주고받은 둘은 다시
사이좋게 지내게 되었다.

보드랍고 따스한 이불 아래에서

새하얀 이불이 사각거리는 아래에서

가랑눈처럼 싱싱한 저의 가슴을

닥나무 망처럼 하얀 저의 팔을

살짝 만지시고 부드럽게 어루만지시며

옥처럼 하얀 저의 손을 베개 삼아

다리를 펴시고 편히 주무시어요

자, 이제 이 술을 드시어요

八千矛の 神の命や 吾が大国主 汝こそは 男に坐せば 打ち廻る 島の崎々
かき廻る 磯の崎落ちず 若草の 妻持たせらめ 吾はもよ 女にしあれば
汝を除て 男は無し 汝を除て 夫は無し 綾垣の ふはやが下に 蒸衾 にこ
やが下に 栲衾 さやぐが下に 沫雪の 若やる胸を 栲綱の 白き腕 そだた
き たたきまながり 真玉手 玉手さし枕き 股長に 寝をし寝せ 豊御酒 奉
らせ

_스세리비메

스세리비메가 이렇게 노래를 하고 나서 두 신은 술잔을 주고받은
후 서로 손을 잡았다. 그리고 오늘에 이르기까지 진좌해 계신다.

야마토타케루와 미야즈히메의 증답가*

아름답고 신성한

가구야마산을 넘어

사납고 시끄럽게 울며

날아가는 백조의 가는 목처럼

연약하고 가느다란

당신의 부드러운 팔을

베개로 삼고 싶다 생각했건만

그대와 함께 자고 싶다 생각했건만

당신의 겉옷 자락에 그만

달이 뜨고 말았구려

ひさかたの 天の香具山 利鎌に さ渡る鵠 弱細 手弱腕を 枕かむとは 我
はすれど さ寝むとは 我は思へど 汝が著せる 襲の裾に 月立ちにけり

_야마토타케루

---

* 야마토타케루노미코토(倭建命)는 12대 게이코 천황(景行, B.C.13~B.C.130)의 황
자로 어려서부터 용감하고 무예가 뛰어났으나 성격이 급하고 마음이 거칠어 형을
죽이고 만다. 이런 아들을 두려워한 게이코 천황은 그를 멀리 보내버릴 겸 서쪽의
구마소(熊襲)를 정벌하게 했다. 하지만 그가 살아 돌아오자 이어서 동쪽지방 정벌
을 명했는데, 가는 길에 이세(伊勢)에서 숙모 야마토히메에게 구사나기 검을 건네
받아 동쪽 12개국을 평정했다. 그는 이 정벌 길에서 오와리 지방(尾張, 지금의
나고야)에 들러 미야즈히메의 집에 묵게 되었는데, 그에게 한눈에 반해 정벌을
끝내고 와서 결혼하자고 약속했다. 이 증답가는 야마토타케루가 정벌을 성공적으
로 끝내고 미야즈히메에게 돌아와 결혼과 더불어 함께 밤을 보내려고 했을 때
마침 미야즈히메가 월경 중이었기 때문에 주고받은 노래이다.

모든 곳을 지배하는

저희들의 주인이시여

새로운 해가 오고 가면

새로운 달도 오고 가는 법이지요

정말 정말 그러하옵니다

당신이 오기를 기다리다 못해

저의 겉옷 자락에 그만

달이 뜨고 말았습니다

高光る 日の御子 やすみしし 我が大君 あらたまの 年が来経れば あらた
まの 月は来経行く 諾な諾な 君待ちがたに 我が著せる 襲の裾に 月立た
なむよ

_미야즈히메

이와노히메의 질투*

닌토쿠 천황의 황후 이와노히메는 질투가 매우 심했다. 그래서 천황의 후궁들이 궁전으로 들어갈 수가 없었다. 다른 비가 천황에게 특별한 말을 속삭이기라도 하면 발을 동동 구르며 분개했다. 천황은 기비 지방(吉備國)에 사는 구로히메**의 용모가 단정하고 아름답다는 소문을 듣고 데려오도록 했다. 그러나 구로히메는 황후의 질투가 두려워 고향으로 도망가 버렸다. 구로히메가 배를 타고 떠나 나니와 바다에 있다고 전해들은 천황이 높은 대에 올라 멀리 떠 있는 배를 바라보며 읊었다.

바다 한가운데

---

* 이와노히메는 제16대 닌토쿠 천황(仁德, 290~399)의 황후 중 한 명으로, 황족 이외의 신분에서 처음으로 황후의 자리에 오른 인물로 알려져 있다. 고대 일본에서 가장 강력했던 천황으로 꼽히는 닌토쿠 천황의 아들 총 다섯 명 중 그가 낳은 아들 넷 중 셋이 천황이 됐을 만큼 막강한 힘을 발휘했다. 한편 닌토쿠 천황은 백성들에게 어질고 덕이 있는 천황으로 칭송을 받았다고 전해진다. 일례로 『고사기』에는 나라를 내려다보다가 밥 지을 때가 되었는데도 마을에서 연기가 피어오르지 않는 것을 보고 세금을 3년 면제해주었다고 하는 일화가 기록되어 있다. 이어서 등장하는 구로히메 이외에도 이복 여동생인 메도리 공주에게도 구혼을 하는 등 바람둥이로 이름을 떨쳤으나 동시에 이와노히메의 질투로 인해 고뇌하는 모습 등으로 인해 인간적이라는 평가를 받기도 한다.

** 닌토쿠 천황의 측실. 기비노아베노아타이(吉備海部直)의 딸로 닌토쿠 천황의 총애를 받았으나 황후 이와노히메의 질투를 두려워하여 고향으로 도망가자 천황이 그의 고향 기비 지방(지금의 오카야마현)까지 쫓아갔다.

작은 배들 여러 척 연이어 떠있구나

아름다운 내 아내가 고향으로 간다네

沖方には 小船連らく 黒ざやの まさづ子我妹 国へ下らす

_닌토쿠 천황

천황의 시를 들은 이와노히메는 분노하여 사람을 보내 구로히메를 배에서 끌어내어 육로로 걸어서 가도록 했다. 그래도 천황은 구로히메를 보고 싶은 마음에 잠시 둘러보고 오겠다며 이와노히메를 속이고 아와지섬으로 건너와 멀리 바라보며 읊었다.

나니와곶에서 출항하여

내 나라를 바라보니 아와지시마섬 오노고로섬

아지마사섬도 보이네 외딴 섬도 보이네

おしてるや 難波の崎よ 出で立ちて 我が国見れば 淡島 淤能碁呂島 檳榔の
島も見ゆ 佐気都島見ゆ

_닌토쿠 천황

이렇게 섬을 떠나 구로히메가 있는 기비 지방을 방문했다. 구로히메는 천황이 이런 산간 지방까지 찾아온 것에 감격해하며 천황에게 대접할 식사를 준비하기 위해 국에 넣을 야채를 뽑으러 갔는데, 이때 그 뒤를 쫓아간 천황이 읊었다.

산자락의 밭에

심어놓은 채소도 기비 지방 사람과

둘이 함께 뽑으니 즐겁기만 하구나

山県に 蒔ける菘菜も 吉備人と 共にし採めば 楽しくもあるか

_닌토쿠 천황

마침내 천황이 수도로 돌아가야 할 때가 되자 구로히메는 시를
읊었다.

야마토 쪽으로

서풍 불어 구름이 멀어져 가더라도

어찌 당신 잊을 날 있으리오

倭方に 西風吹き上げて 雲離れ 退き居りとも 我忘れめや

_구로히메

그림 2. 닌토쿠 천황 고분(오사카부 시카이시 소재)　그림 3. 이와노히메 고분 추정(나라시 소재)

야마토 쪽으로

가는 이 누구네 남편일까 숨은 물

밑으로 빠지듯 가버리는 이는 누구네 남편일까

倭方に 往くは誰が夫 隠水の 下よ延へつつ 往くは誰が夫

_구로히메

그 후 이와노히메 황후가 주연에 사용할 술을 담그기 위해 떡갈나무 잎을 따러 기 지방(紀伊國)으로 간 사이에 닌토쿠 천황은 야타노와키 이라쓰메와 결혼해 버렸다. 이런 줄도 모르고 배 한 가득 떡갈나무 잎을 싣고 돌아오던 이와노히메는 도중에 만난 관리에게 이 소식을 들었다.

"천황께서는 최근 야타노와키 이라쓰메라는 여성과 결혼하시어 밤낮으로 유희를 즐기고 계신답니다. 황후께서 모르시리라 생각하시는 듯 합니다."

이 일에 대해서 상세히 들은 황후는 매우 분노하여 배에 싣고 있던 떡갈나무 잎을 모두 바다에 던져버렸다. 그리고는 궁으로 돌아가지 않고 야마시로 지방으로 배를 돌려 친정으로 돌아가 버렸다. 그리고 다음과 같은 노래를 읊었다.

첩첩산중의 야마시로강

그 강을 거슬러 올라가니

강가에 자라난 모새나무

그 모새나무 그 아래

이파리 넓은 큰 동백나무 서 있네

그 큰 동백의 꽃처럼 빛나고

그 넓은 동백의 잎처럼 널리 임하시는

나의 님이시여

つぎねふや 山代河を 河上り 我が上れば 河の辺に 生ひ立てる

烏草樹を 烏草樹の木 其が下に 生ひ立てる 葉広 ゆつ真椿

其が花の 照り坐し 其が葉の 広り坐すは 大君ろかも

__이와노히메

그리고 야마시로를 돌아 나라산 입구로 들어가 이렇게 읊었다.

첩첩산중 야마시로강

그 강을 거슬러 궁을 향해 가는데

아름다운 나라야마산을 지나

푸른 산에 에워싸인 야마토를 지나

내 그리던 곳은

가쓰라기 다카미야(葛城高宮) 궁전 내 고향 우리 집이구나

つぎねふや 山代河を 宮上り 我が上れば あをによし 奈良を過ぎ

小楯をだて 大和を過ぎ 我が見が欲し国は 葛城高宮 我家のあたり

__이와노히메

이와노히메는 이렇게 노래를 읊고 고향에 돌아와서 잠시 쓰쓰키(筒木)의 가라비토(韓人) 누리노미의 집에서 지냈다.

유랴쿠 천황과 아카이코의 증답가*

어느 날 유랴쿠 천황이 미와강에 행차했을 때 강가에서 빨래하는 소녀가 눈에 들어왔다. 매우 아름다운 소녀였다. 그래서 천황이 말을 걸었다.

"넌 누구의 여식인가?"

"히케타베의 아카이코라고 합니다."

"너는 다른 남자에게 시집가지 말거라. 곧 궁으로 불러들이겠다."

그렇게 말하고 천황은 아사쿠라(朝倉)궁으로 돌아갔다. 아카이코는 천황의 말을 믿고 다른 사람들의 청혼을 거절했다. 그런데 그로부터 80년이 지나버렸다. 아카이코는 천황이 불러주길 기다리다 세월이 지나 완전히 노파가 되어 버렸다. 이제는 성은을 받을 희망도 없었지만 지금껏 기다렸다는 의지만이라도 전하고자 많은 물건을 가지고 궁으로 갔다. 천황은 예전에 자신이 말했던 것을 까맣게 잊

---

* 일본의 제21대 천황 유랴쿠(雄略, ?~479)가 미와강에 행차했을 때 강가에서 빨래하는 아름다운 소녀 아카이코를 마음에 들어해 훗날 궁으로 데려가겠다고 약속한다. 하지만 천황은 이를 잊어버리고 아카이코는 결혼하지 않고 80년을 기다리다 노인이 되어 버린다. 결국 아카이코가 마음만이라도 전하고자 천황을 찾아가자, 천황은 약속을 지키지 않은 것을 사죄하고 많은 보상을 해주겠다고 했다. 이 시는 늙지 않고 위풍당당한 천황의 모습을 강조하기 위한 시라는 견해가 있다.

고 아카이코에게 물었다.

"넌 어디에서 온 노파인가? 무슨 일로 왔느냐?"

"전 모년 모월 천황의 명을 받잡고 오늘까지 80년간 부름을 기다렸습니다. 이제는 늙어버려 아무런 희망도 없사오나 제 마음만은 말씀드리고자 왔습니다."

천황은 깜짝 놀라서 말했다.

"나는 이미 잊어버렸는데 넌 정조를 지키고 내 부름을 기다리며 여자로서의 한창 때를 허망하게 보내버렸다니, 참으로 미안하구나"

유랴쿠 천황은 마음 같아서는 지금이라도 결혼할까 싶었지만, 아카이코가 너무 늙었기 때문에 안타까운 마음에 시 몇 수를 읊어주었다.

신이 기거하는
신성한 떡갈나무 그 아래에
가까이할 수 없는 신성한 처녀여
御諸の 厳白檮がもと 白檮がもと ゆゆしきかも 白檮原童女

_유랴쿠 천황

유랴쿠 천황이 또 읊었다.

히케타에 있는
어린 밤나무 숲이여 젊었을 때

함께였다면 좋았을 텐데 너무 늙어버렸네
引田の 若栗栖原 若くへに 率寝てましもの 老いにけるかも

_유랴쿠 천황

이를 들은 아카이코는 한없이 눈물을 흘렸는데, 그가 흘린 눈물이 붉은 옷소매를 완전히 적셨다. 아카이코는 천황의 시에 대한 답가로 이렇게 읊었다.

신성한 곳에
구슬 울타리를 쌓아올리듯
오래도록 신을 받든 저는 누구를 의지하리
御諸に つくや玉垣 つき余し 誰にかも依らむ 神の宮人

_아카이코

이어서 또 읊었다.

구사카 호수
호수에 피어 있는 연꽃들처럼
한창때인 젊은이 너무나 부럽구나
日下江の 入江の蓮 花蓮 身の盛り人 羨しきろかも

_아카이코

고대 여성문학 2

: 시가집 『만요슈(万葉集)』

[『만요슈』 속 여성시인]

『만요슈』는 일본에서 가장 오래된 시가집으로 장기간의 편집과 정을 거쳐 총 20권의 책에 4,500여 수의 시가 수록되어 있다. 제목은 '많은 말' 또는 '만대에 전해지라'는 의미이다. 오랫동안 복잡한 편집 과정을 거치면서 완성되었으므로 정확한 편찬과정이나 편자는 알 수 없으나, 오토모노 야카모치(大伴家持, 718~785)가 최종 편찬에 참 여했을 것으로 추정된다.

시의 형식은, 단카(短歌, 5·7·5·7·7) 4,207수, 조카(長歌, 5·7·5·7···7·7) 265수, 세도카(旋頭歌, 5·7·7/5·7·7), 가타우타(片歌, 5·7·7) 및 기타 64수가 수록되어 있다. 이 중에서 단카 형식이 4,200여 수로 전체의

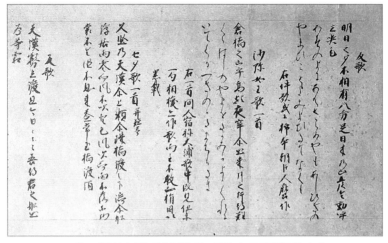

그림 4. 『아이가미본 만요슈(藍紙本万葉集)』(교토국립박물관 소장)

93% 정도 이상인 것을 보면, 이 시대에 이미 일본 시가의 음률은 5·7·5·7·7의 음수율이 정착해 있었음을 알 수 있다.

또한 시의 내용은 소몬(相聞, 연애시), 반카(挽歌, 애도시), 조카(雜歌, 잡가)로 나눌 수 있다. 소몬은 대부분 남녀 간의 사랑을 읊은 시인데, 부모와 자식이 주고받는 시나 친구 사이의 시도 포함되어 있다. 반카는 원래 장례 때 관을 끌면서 읊는 시를 뜻하지만 애도시나 추모시를 말하여 임종시도 포함된다. 이외에도 지금의 도쿄 이북 지방 사람들이 읊었던 아즈마우타(東歌)와 규슈의 국경을 지키던 군인들이 읊었던 사키모리우타(防人歌)는 당시 민중의 솔직한 감성을 전하고 있다.

작자는 천황부터 관리, 승려, 농민에 이르는 남녀노소 등 500여

명에 이른다. 대부분의 시는 조메이 천황(舒明, 593~641)이 즉위한 629년부터 마지막 시가 읊어진 759년까지 130년 동안에 읊어졌다. 따라서 이 시가집에는 7~8세기의 일본열도에 살았던 사람들의 진솔한 마음과 감성이 담겨 있다.

한편 18세기에 활약했던 국학자 가모노 마부치(賀茂眞淵, 1697~1769)는 『만요슈』에 수록되어 있는 시의 특징을 '마스라오부리(ますらをぶり)', 이른바 '솔직하고 소박한 남성적인 미의식'이라고 평했는데, 이같은 그의 시평은 근대까지 막강한 힘을 발휘했다. 그리하여 대부분의 일본인은 『만요슈』를 불교 등의 외래사상에 물들지 않은 고대 일본, 투박하지만 솔직하고 격정적인 남성성을 담고 있는 시가집이라고 인식했다. 하지만 이러한 인식에는 이 시가집에 실려 있는 다양한 여성시인들의 존재에 대한 부정 혹은 외면이 작용하고 있었음을 엿볼 수 있다. 그렇다고 하더라도 이 같은 고대 시가집에 여성이 읊은 시가 작자 이름과 함께 수록된 예는 세계적으로 드물다.

그렇다면 『만요슈』속의 여성시인들은 어떤 시를 읊었을까? 그들이 읊은 시를 통해 당시 여성들의 생생한 목소리를 들어보도록 하자.

[질투와 순애의 두 얼굴: 이와노히메]

앞서 『고사기』에도 등장했던 이와노히메(石之日売, ?~347)는 가쓰라기노 소쓰히코(葛城襲津彦, 미상)의 딸이며 닌토쿠 천황(仁德, 257?~399?)의 황후로, 17대 리추 천황(履中, 336?~405?), 18대 한제이 천황(反正, 336?~410?), 19대 인교 천황(允恭, 376?~453)의 어머니이기도 하다. 호족 가쓰라기 소쓰히코는 4세기 후반부터 5세기 초에 걸쳐, 당시 야마토 조정의 최대 관심사였던 대 한반도 외교정책을 펼치는 데 있어서 큰 역할을 했던 사람으로 이 무렵 천황이 대부분 가쓰라기 가문 출신 황후의 자식이다.

닌토쿠 천황은 일부 지방을 다스렸을 뿐 아직 일본 전국이 통일되지는 않아서 유력 호족과의 연대를 강화하고 세력을 확장하기 위해 이와노히메를 맞이했다. 이러한 배경 때문에 이와노히메는 자부심이 높았으며 일부다처제 시대인데도 불구하고 배우자를 독점하려는 성향이 강해, 일본 역사상 가장 질투심이 강한 여성 중 한명으로 손꼽힌다.

이와노히메는 『고사기』에 2수, 『만요슈』에 4수의 와카(和歌, 일본 전통시가)를 남겼다. 『고사기』에서는 '질투'가 강한 모습으로 그려진 것에 반해 『만요슈』에서는 그저 남편을 그리워하는 '순애'의 시를 남기고 있을 뿐, 질투의 감정은 보이지 않는 것이 특징적이다.

[그리움과 사랑을 노래하다: 이와노히메의 시]

이와노히메 황후께서 천황을 그리워하며 지으신 시 4수*

당신이 떠나고
여러 날이 지났네 저 산까지
마중을 갈까요 그냥 기다릴까요
君が行き 日長くなりぬ 山尋ね 迎へか行かむ 待ちにか待たむ
ー『만요슈』 권2·85

이토록 내내
그리울 줄 알았으면 높은 산 바위
베개 삼아 베고서 죽어버리고 싶네
かくばかり 恋ひつつあらずは 高山の 岩根しまきて 死なましものを
ー『만요슈』 권2·86

지금 이대로
당신을 기다리리 바람에 흩날리는
내 검은 머리에 서리 내릴 때까지

---

* 『만요슈』에 실린 이 4수는 이와노히메가 직접 지은 시가 아니라 후대 사람이
  지어 황후의 이름을 붙였다는 견해도 있다.

ありつつも 君をば待たむ うちなびく わが黒髪に 霜の置くまでに

—『만요슈』 권2·87

가을날의 논

벼이삭에 머물던 아침 안개 걷히듯

내 사랑은 언제쯤 걷힐 날 있을까

秋の田の 穂の上に霧らふ 朝霞 いつへの方に 我が恋やまむ

—『만요슈』 권2·88

[일본 최초의 전문 여성시인: 누카타노오키미]

누카타노오키미(額田王, 631?~
690?)는 일본문학사상 최초의 전문
적 여성가인으로 여성문학의 출발
점을 이룬 인물이다. 『일본서기』의
기록에 따르면, "가가미노오키미
(鏡王)의 딸로 오아마 황자(훗날의 덴
무 천황)와 결혼하여 도치(十市)공주
를 낳았다"는 기록이 나온다. 오키
미(王)라는 명칭 때문에 황족으로
추정된다. 이 외에도 이즈모의 호족

그림 5. 〈아스카, 봄날의 누카타노오키미〉(야
스다 유키히코, 1964, 시가현립미술관 소장)

누카타베노 무라지 집안에서 태어났고 성장해서는 우네메(采女)*
신분으로 궁중에 들어갔다는 설도 있다. 또한 덴무 천황(天武, ?~686)
의 정식 후궁이었는지 어떤 위치였는지에 대해서도 확실히 알려져
있지 않아 수수께끼가 많은 인물이다.

『만요슈』에 수록된 누카타노오키미의 시는 총 12수로 조카(長歌)
3수, 반카(反歌) 1수, 단카(短歌) 8수이다. 이 작품들은 그의 생애, 신
분, 궁중에서의 역할 등을 짐작하는 근거가 되고 있다. 누카타노오
키미의 시는 대부분 공적인 성격을 지니고 있어, 국가의 중대사 및
종교적 행사에서 읊어졌으며 천황의 시를 대신 짓는 대작 작가로
활동했다.

[기개 넘치고 세련된 사랑시의 고수: 누카타노오키미의 시]

가을 들판에
억새를 베어다가 지붕을 이어 묵었던
우지의 임시 궁이 그립기만 하구나
秋の野の　み草刈り葺き　宿れりし　宇治の宮処の　仮廬し思ほゆ

—『만요슈』 권1·7

---

* 궁중에서 천황과 황후의 신변에 관련된 여러 잡무를 전문적으로 맡은 궁녀를 말한다.
 헤이안시대 초까지의 관직으로 율령제에서는 여러 지방의 장차관 일족의 자녀 중
 용모가 단아한 자를 출사시켰으며 궁내성(宮内省) 우네메관청에서 관리했다.

니키타쓰항에서

뱃길 떠나려고 달 뜨길 기다리니

저기 밀물이 들어오네 노 저어 나아가세

熟田津に船乗りせむと月待てば潮もかなひぬ今は漕ぎ出でな

―『만요슈』권1·8

겨울이 가고 봄이 오면

울지 않던 새들도 찾아와 울고

피지 않던 꽃들도 피어나는데

산이 무성하니 잡지 못하고

풀이 무성하여 꺾지도 못하네

가을산의 나뭇잎을 볼 때마다

노랗게 물든 단풍 손에 들고 바라보고

떨어진 푸른 잎 땅에 내려놓으며 아쉬워하네

쓸쓸하고 정취 깊은 가을 산이 좋네 나는

冬ごもり 春さり來れば 鳴かざりし 鳥も來鳴きぬ 咲かざりし 花も咲け
れど 山を茂み 入りても取らず 草深み 取り手も見ず 秋山の 木の葉を見
ては 黃葉をば 取りてそしのふ 靑きをば 置きてそ歎く そこし恨めし
秋山そわれは

―『만요슈』권1·16

붉게 물들은

보랏빛 지초 들판 영지를 가면서

소매 흔드는 당신 파수꾼은 보았을까*

あかねさす 紫野行き 標野行き 野守は見ずや 君が袖振る

—『만요슈』 권1·20

당신 오시길

기다리며 그리움에 젖은 우리 집

가을바람이 창가의 발(簾)을 흔드는구나

君待つと わが恋ひをれば わがやどの すだれ動かし 秋の風吹く

—『만요슈』 권4·488

---

* 누카타노오키미의 이 시에 오아마 황자(훗날의 덴무 천황)는 다음의 답가를 읊었다. 〈보랏빛 지초 향내 나는 그대를 밉다 생각했다면 임자 있는 그댈 그리워했겠소 (紫の にほへる妹を 憎くあらば 人妻ゆゑに 我恋ひめやも)〉(『만요슈』 권·21)

제2장 중고의 여성작가와 작품

794년 헤이안 경(平安京, 지금의 교토)으로 도읍지를 옮기고 귀족 후지와라(藤原) 가문이 천황의 외척으로서 권력을 독점하여 권력을 확립했던 시대부터 가마쿠라(鎌倉)에 막부가 설립된 1192년까지를 중고시대라고 하며, 헤이안시대라고도 한다. 중국과 한반도에서 적극적으로 문물을 받아들였으나 백제 멸망(660) 등 한반도의 정세변화, 당나라의 멸망(907)으로 인한 중국 정세의 혼돈을 이유로 9세기부터 300여 년간 쇄국정책을 유지했다. 하지만 800년대 100년간은 '국풍(일본풍) 암흑시대'라고 불릴 만큼 중국문화를 추종하는 분위기가 팽배했다. 따라서 만요가나로 4,500여 수의 시를 수록했던『만요슈』의 열기는 사그라들고 황족과 귀족은 한시를 읊었기에 공적인 공간에서 일본어 시는 자취를 감추었다. 그러나 이 시기에 한자의 음와 훈을 가져와 표기하는 만요가나와는 달리 한자를 단순하게 유형화하여 표기하는 가나 문자(히라가나와 가타가나)가 만들어졌

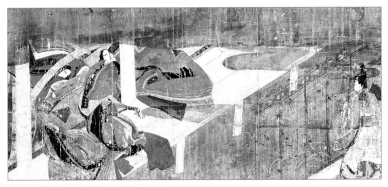

그림 6. 〈겐지 모노가타리 에마키(源氏物語絵巻)〉(후지와라 다카요시, 중고시대 말기, 도쿠가와미술관 소장) 중 일부

다. 그리고 900년대에 들어서자 새로운 일본 문자 가나를 사용하여 본격적으로 일본 고전소설 모노가타리(物語)와 일본 전통시가 와카(和歌)를 창작하고 기록하는 등 독자적인 일본문화를 구축해갔다. 1000년대에는 섭정, 관백정치의 융성을 배경으로 후지와라 가문의 딸들이 황후 자리를 계속 이어가면서 화려한 귀족문화의 전성기를 이뤘다.

한편 중고시대에는 여성들의 문학활동이 근대 이전의 일본문학사 상 가장 활발하게 이루어진 시기이다. 특히 여성작가들의 명작이 탄생하였는데 가장 큰 이유는 앞서 언급한 가나 문자의 발달을 들수 있다. 가나는 한자에 비해 훨씬 배우기 쉽고, 자신의 감정을 솔직하게 표현하는 데 용이하여 많은 여성들이 가나를 이용해 문학 작품을 창작할 수 있었기 때문이다. 다음으로 여성들의 궁중에서의 공적 활동을 들 수 있다. 후지와라 가문은 딸을 천황의 비로 삼아 외척으로서 획득한 권력을 유지하기 위하여 궁중에서 그 딸들을 보좌할 여성들을 발탁하여 뇨보(女房)라는 직급으로 근무하게 했다. 대부분 중류 귀족 출신으로 문예에 뛰어났던 그들은 황후나 후궁들의 후견인으로서 조정이나 섭관들의 화려한 생활, 궁중 사람들의 모습을 가나로 기록하였다. 이러한 과정에서 탄생된 작품이 세계에서 가장 오래된 장편소설 『겐지 모노가타리(源氏物語)』, 일본 수필문학의 효시로서 3대 고전수필로 꼽히는 『마쿠라노소시(枕草子)』이다. 방처혼이라는 결혼제도로 인하여 남성을 기다리는 수동적 위치에 있을 수밖에 없던 여성들이 자신의 심정을 일기로 쓰고 시로 표현하였는데, 그 대표적인 작품으로 후지와라노 미치쓰나의 어머니가 쓴 『가게로 일기(蜻蛉日記)』가 있다.

한편 이 시대의 문학적 특징은 귀족들에 의해서 문화가 향유되었고 중국과 한반도로부터 수입했던 문화가 300년간의 쇄국을 거치는 동안 일본 고유문화로 탈바꿈한 것을 들 수 있다. 따라서 일본에서 일본 문화의 전형이라 하면 이 시대의 것을 따른다.

중고 여성문학 1

: 일기문학 『가게로 일기(蜻蛉日記)』

['기다리는 여성'이라는 자의식: 후지와라노 미치쓰나의 어머니]

『가게로 일기』(974)의 저자 후지와라노 미치쓰나의 어머니(藤原道綱母, 936~995)는 지방관 출신인 후지와라 도모야스(藤原倫寧, 977~?)의 딸로 당시의 여성들이 흔히 그렇듯 이름은 알 수 없다. 당대 최고의 권력자였던 섭정 태정대신 후지와라 가네이에(藤原兼家, 929~990)와 결혼해 미치쓰나라는 아들을 두어 후지와라 도모야스의 딸, 혹은 미치쓰나의 어머니라고 불린다. 중고시대의 유명한 와카 시인(가인歌人)을 일컫는 36가선(歌仙) 중 한 명으로 꼽히며 980년 야스히토(懐仁) 황자 탄생 50일 기념잔치에 축하 시를 헌정하고, 986년에는 이치조 천황(一条, 980~1011) 때 궁중 우타아와세(内裏歌合)*에서 와카를 발표, 993년 때는 동궁의 우타 아와세(東宮居貞親王帶刀陣歌合)에서 와카를 발표하는 등 당시 뛰어난 가인으로 인정받았다. 섬세하고 자의식이 강했던 미치쓰나의 어머니는 일부다처제라는 시대 상황 속에서 최고 권력자였던 남편과 끊임없이 갈등하며 괴로워했다. 20여 년 이상의 불안한 결혼생활에서 느낀 솔직한 마음을 기록한 『가게로 일기』는

그림 7. 미치쓰나의 어머니 〈백인일수〉

여자에게 결혼이란 무엇인지라는 주제를 던져 후대의 여성작가들에게 많은 영향을 끼쳤다.

[일본 젠더문학의 시초: 『가게로 일기』]

이 책의 제목 『가게로 일기』(974)의 가게로(蜻蛉)는 하루살이 혹은 아지랑이라는 뜻이다. 당대 최고 권력자 후지와라노 가네이에의 아내였던 저자가 일부다처제 사회에서 남편만을 바라보고 사는 자신

---

* 가인을 좌우로 편을 가른 후, 정해진 제목에 따라 읊은 양측의 시로 승부를 가리던 일본의 문학유희이다.

의 삶이 하루살이, 아지랑이처럼 허
무하다고 느껴 지은 제목이다.

작자는 가네이에의 구혼으로 시
작하여 외아들 미치쓰나가 성인이
될 때까지의 약 22년 간의 이야기를
사실적인 수법으로 통일감 있게 서
술하고 있다. 같은 시기의 다른 일
기문학 작품의 경우 궁중의 전문직
여성 '뇨보(女房)'가 궁에서의 일상

그림 8. 〈가게로 일기〉(가쿠테이 하루노부,
미상)

사와 자신의 감회를 기록한 것이 대부분이다. 그런데 『가게로 일기』
는 궁중에 출사하지 않은 일반 귀족 여성의 개인적인 삶을 그리고
있다.

『가게로 일기』는 일부다처제의 사회에서 남편과의 불안한 관계
때문에 겪는 심적 고통과 아들에 대한 모성애를 유려하고 우아한
필치로 그려내고 있다. 또한 여성으로서의 삶에 대한 회의와 그러한
자신의 심정을 솔직하게 표현했다는 점에서 자조문학의 선구적 작
품, 젠더적 자의식을 구현한 최초의 여성 일기문학이라는 평가를
받는다.

[사랑, 번민 그리고 체념의 기록: 『가게로 일기』 읽기]

서문

이렇게 내 반평생은 흘러가 버리고, 세상에 의지할 데 없이 이도 저도 아니게 세월을 흘려보내는 사람이 있었다. 생김새도 남만큼 뛰어나지 못하고 사리분별도 있는 듯 없는 듯, 쓸모없는 존재로 살아가는 것을 당연하다고 여기며 그저 자고 일어나 밤낮을 보내다, 세상에 떠돌아다니는 옛날 이야기 책을 들춰보았더니 세상에 흔하디흔한 허무맹랑한 이야기가 많았다. 그러하니 보통 사람과는 달리 살아온 내 평범치 않은 삶을 일기로라도 풀어내면 좀처럼 접할 수 없는 색다른 것으로 여겨지려나 싶었다. 더할 나위 없이 신분이 높은 고귀한 사람들의 결혼생활은 어떠냐고 묻는 사람이 있다면, 그 대답의 한 예로 삼았으면 좋겠다. 하지만 지나간 세월의 일들이 어렴풋하게밖에 기억나지 않아, '뭐, 이 정도면 되겠지'라고 적당히 쓰다가 두는 일이 많아졌다.

가네이에와 결혼

보통 사람이라면 중간에 다리를 놓아줄 사람이나 적당한 사람을 찾아 이쪽에 의중을 전할 텐데 그 사람은 친정아버지에게 직접 농담인지 진담인지도 모를 말로만 넌지시 뜻을 내보였다. 그래서 말도 안 되는 일이라고 여기고 있던 중에 그쪽에서 모르는 척 하고 심부름꾼을 보내 우리 집 문을 두드리게 했다. 누가 보낸 건지 물어보기에는 너무 뻔히 알 수 있게 소란을 피우기에 처치 곤란했는데 보내온 편지를 받아 야단이 났다. 펼쳐 보니 구혼 때 흔히들 쓰는 멋진 종이도 아니다. 구혼 때는 혹시 흠이라도 잡힐까 신경 써서 보내는 법이라고 들어왔는데 필체 또한 정말 구혼 편지가 맞나 싶을 정도로 엉망인지라, 영 납득이 가지 않았다. (…중략…) 사흘쯤 연이어 찾아온 다음날 아침 와카를 보내왔다.

이른 새벽녘
그대 두고 가자니 나도 모르게
이슬처럼 그냥 사라지고 싶어지네
しののめに おきける空は おもほえで あやしく露と 消えかへりつる

_가네이에

이에 답장을 보냈다.

이슬처럼 덧없이
사라지고 싶다는 당신을 믿는
이런 나는 도대체 뭐란 말인가
さだめなく 消えかへりつる 露よりも そらだのめする われはなになり

_미치쓰나의 어머니

냉랭해지는 결혼생활

짐작했던 대로 홀로 나날을 보내고 있다. 세상 사람들 보기에 우리 부부 사이에 뭔가 문제가 있다고 생각할 만한 일은 없다. 그저 그 사람과 내 마음이 다른 것이 문제다. 나뿐 아니라 나보다 먼저 결혼한 도키히메에게도 가지 않는다는 소식을 듣고 도키히메와 편지를 주고받은 적이 있다. 5월 4~5일 쯤에 이렇게 써서 보냈다.

이제 그곳도
말라버린 줄풀처럼 마음 떴다니
그이가 가는 곳은 어드메일까
そこにさへ かるといふなる 真菰草 いかなる沢に ねをとどむらむ

_미치쓰나의 어머니

도키히메에게 이런 답가가 왔다.

줄풀같은 그이가
나를 떠나 찾아간 건 요도 연못
뿌리 내린 그 연못은 당신 아니던가
真菰草 かるとはよどの 沢なれや 根をとどむてふ 沢はそことか

_도키히메

6월이 되었다. 새로운 달에 접어들어서도 오랫동안 비가 심하게 내린다. 밖을 내다보다가 혼잣말로 중얼거렸다.

우리 집 나무
아랫잎 색깔은 나처럼 시들었구나
오래도록 장맛비를 바라보는 사이에
わが宿の なげきの下葉 色ふかく うつろひにけり ながめふるまに

　　　　　　　　　　　　　　　　　　　　＿미치쓰나의 어머니

이렇게 시를 읊거나 하는 사이 7월이 되었다. 완전히 연이 끊어졌다고 체념할 수 있다면 오다 말다 하는 것보다 차라리 나을 텐데 하고 하염없이 생각에 잠겨 있던 어느 날 남편이 찾아왔다. 아무 말도 하지 않고 있었더니 무료한 듯 보였다. 그때 앞에 있던 시녀가 문득 지난번에 내가 읊었던 '나뭇가지 아랫잎' 와카를 중얼거리자 그걸 듣고 그 사람이 시를 읊었다.

철보다 일찍
곱게 물든 단풍잎 가을이 오면
더더욱 고와지듯 당신 또한 그렇소
をりならで 色づきにける 紅葉葉は 時にあひてぞ 色まさりける

　　　　　　　　　　　　　　　　　　　　＿가네이에

그것을 듣고 나는 벼루를 가져와 이렇게 적었다.

가을이 되어
더욱 곱게 물드니 쓸쓸하지요
시든 아랫잎 같은 내 모습 한탄하네
あきにあふ 色こそまして わびしけれ 下葉をだにも なげきしものを
_미치쓰나의 어머니

이렇듯 다른 여자에게 다니면서도 인연이 완전히 끊어지지 않고
내 집에 찾아오니 내 마음 편할 날 없고 남편과의 사이는 나날이
차가워져만 갔다. 집에 들렀다가도 내 표정이 좋지 않으니 질려하며
그대로 돌아가는 때도 있다. 우리 부부의 속사정을 아는 이웃이 남
편이 돌아가는 것을 보고 이러한 와카를 읊어 보냈다.

소금을 굽는
연기처럼 주인양반이 가버린 것은
당신 질투가 연기처럼 매워서겠죠
藻塩やく 煙の空に 立ちぬるは ふすべやしつる くゆる思ひに
_이웃

이렇게 이웃이 한마디 거들 정도로 그 사람과 신경전을 벌였는데
요새는 한참동안 나타나지 않았다. 보통 때 이 정도로 모습을 안

보인 적은 없는데, 마음이 심란하니 저기 놓여 있는 물건이 무엇인지 잘 보이지 않을 때마저 있다. 이렇게 끝나는 것일까. 무엇 하나 떠올릴 추억이나 기념이 될 만한 물건도 없다고 생각했는데 열흘쯤 지난 후 편지가 왔다. 이런저런 말을 늘어놓은 다음에 장대 기둥에 매어둔 작은 활의 화살을 떼라고 써둔 걸 보고는 '참, 이게 있었구나'라고 생각하며 다음 와카를 써서 답장을 보냈다.

이제는 당신
떠올릴 일도 없으리라 생각했건만
'화살'이라는 말에 깜짝 놀랐어요
思ひ出づる ときもあらじと 思へども やといふにこそ 驚かれぬれ

_미치쓰나의 어머니

이렇게 발길이 끊겼을 때도 있었지만 우리 집은 그 사람이 입궐하고 퇴궐하는 길목에 있어서 한밤중이건 새벽녘이건 헛기침하며 지나가는 소리를 안 들을 수가 없다. 도대체 편안히 잠을 이룰 수가 없다. 〈가을밤 길어 잠들 수 없는데 도통 잠은 오질 않고 날도 밝아오지 않는구나(秋の夜 長し夜長くして眠る ことなければ 天も明けず)〉라는 시구가 바로 이런 걸 말하는구나 싶다. 지나가는 기척에 온 신경을 쏟는 이 내 마음을 어디에 비할 수 있을까. 이제는 어떻게 하면 보지도 듣지도 않으면서 지낼 수 있을까 생각하고 있는데, 그 사람이 옛날에 애정이 깊었던 사람과 지금은 관계가 끊어졌다든가 어떻다든가 하는

말을 들으니 내심 불쾌해져 저녁 무렵이 되자 마음이 울적해졌다.

마치노코지 여자의 출산과 바느질감

해가 바뀌어 봄이 되었다. 그 무렵 읽으려고 가지고 다니던 책을
깜박 잊고 우리 집에 놓아두고 갔을 때도 역시나 책을 찾으러 사람
을 보냈다. 책을 싼 종이에 이렇게 적어 보냈다.

함께 거닐던
해변도 당신 마음도 황폐해지니
흔적도 안 남기는 물떼새와 같군요
ふみおきし　うらも心も　あれたれば　跡をとどめぬ　千鳥なりけり

＿미치쓰나의 어머니

생색내듯 그가 바로 답장을 보내왔다.

마음이 떠서
길을 잃었대도 해변의 물떼새
포구 아닌 어드메에 머물 수 있으리오
心あると　ふみかへすとも　浜千鳥　うらにのみこそ　跡はとどめめ

＿가네이에

밖에서 기다리고 있던 그 사람의 심부름꾼에게 이렇게 읊어 들려 보냈다.

물떼새 발자취
찾듯이 당신 찾아 헤매보지만
가신 곳을 모르니 원망할 뿐이네
浜千鳥 跡のとまりを 尋ぬとて ゆくへも知らぬ うらみをやせむ

_미치쓰나의 어머니

이렇게 시를 읊어 주고받다가 어느새 여름이 되었다.

그 여자는 출산할 때가 됐다며 풍수적으로 길한 방위를 정하여 그 사람과 함께 우차를 타고 온 세상이 알 정도로 요란법석하게 다니니 듣기 괴로울 정도로 야단스럽다. 그것도 꼭 내 집 앞으로만 지나가니 기가 막혀 말이 안 나올 지경이다. 곁에서 시중드는 시녀를 비롯해 나를 지켜보는 모든 이들이 "너무나 가슴이 아픕니다. 세상에 길이 여기만 있는 것도 아닌데 하필"이라고 큰 소리로 비난을 퍼부어댔다. 이런 말을 듣느니 차라리 죽고 싶다는 마음이 들 정도다. 하지만 사람 목숨이 제 마음대로 되는 게 아니어서 죽지 못해 산다면 앞으로는 제발 그 사람 모습을 안 보고 살았으면 싶어 속상했다. 그러다 사나흘쯤 지나 편지가 왔다. 기막히고 박정하다고 생각하며 펼쳐 봤더니 이런 내용이었다. "요즘 이쪽에 몸이 불편한 분이 있어 당신에게 가지 못했는데 어제 무사히 출산을 했소. 부정

타는 것이 신경 쓰일까 봐 발길을 못하고 있다오."

참으로 어이가 없고 불쾌해서 딱 한마디, "편지 잘 받았습니다"라고 써서 답장을 보냈다. 집안사람 하나가 그 사람 심부름꾼에게 물으니 "도련님이 태어나셨습니다"라고 한다. 그 말을 들으니 가슴이 답답했다.

사나흘쯤 지나고 그 사람이 직접 너무나도 아무렇지도 않게 나타났다. 무슨 볼일이 있어 왔냐는 듯 제대로 쳐다보지도 않으니 무척이나 멋쩍어하며 그냥 돌아가는 일이 거듭되었다.

7월이 되어 여느 해라면 스모 축제가 열릴 무렵이었다. "이걸 좀 손질해주면 좋겠소"라며 헌것 새것 할 것 없이 마치노코지 여자의 바느질감을 보내왔다. 기가 막혔다. 바느질감을 열어보니 눈앞이 다 어지러웠다. 친정어머니는 "안됐구나, 그 댁에서는 못하나 보다"라고 했다. 하지만 시녀들은 "변변찮은 여자들만 있는 걸까요? 정말 마음에 안 듭니다. 그냥 돌려보내면 자기들이 부족하다는 생각은 안 하고 이쪽을 욕할 겁니다. 차라리 그 욕이나 들어줍시다"라고 한 뒤 그냥 돌려보냈다. 그랬더니 아니나 다를까 여기저기 바느질감을 부탁했다는 소문이 들려왔다. 남편 쪽에서는 너무 쌀쌀맞다고 생각했는지 스무날 넘도록 편지 한 통 보내지 않았다.

와카를 주고받는 부부

어느 날 그 사람에게서 "내 가고 싶지만 당신이 어떻게 나올지 몰라 신경이 쓰이니 확실히 오라고 해주면 조용히 가리다"라고 편지가 왔다. 답장도 쓰고 싶지 않았지만 곁에 있는 사람들이 "그건 너무 박정합니다"라고 말하기에 와카를 써서 보냈다.

이삭 나오듯
그리 말하진 않으리 가을바람 속
억새꽃 같은 당신 마음따라 하시지요
穂に出でて いはじやさらに おほよその なびく尾花に まかせても見む

_미치쓰나의 어머니

그랬더니 곧 답장이 왔다.

이삭 나오면
바람에 나부끼며 흔들리는 억새꽃
동풍 불라 한다면 내 찾아가리라
穂に出でば まづなびきなむ 花薄 こちてふ風の 吹かむまにまに

_가네이에

편지를 가지러 심부름꾼이 와있어 와카를 들려 보냈다.

거센 바람만
불어오는 이 집에 억새꽃 이삭

틔워 본들 무슨 보람 있으리오
あらしのみ 吹くめる宿に 花薄 穂に出でたりと かひやなからむ

__미치쓰나의 어머니

이렇게 적당히 와카를 주고받은 끝에 남편이 다시 찾아와 모습을 보였다. 알록달록 뒤섞여 피어 있는 앞뜰의 꽃을 바라보며 둘이 누워 와카를 주고받았다. 그 사람은 내게 원망스러웠던 일이 생각났는지 갑자기 이렇게 읊었다.

풀들 속에서
흐트러져 보이는 꽃송이 색깔은
흰 이슬이 내린 탓만은 아니리니
ももくさに 乱れて見ゆる 花の色は ただ白露の おくにやあるらむ

__가네이에

이에 답가를 읊었다.

당신 변심에
괴로워 흐트러진 꽃송이 위
이슬의 마음은 말할 것도 없어라
みのあきを 思ひ乱るる 花のうへの 露のこころは いへばさらなり

__미치쓰나의 어머니

그러자 이전처럼 둘 사이가 서먹서먹해져 버렸다. 음력 열아흐레의 달이 산등성이에 뜰 즈음 시간이 늦었는데도 돌아가려는 기색을 보였다. 오늘 같은 밤은 돌아가지 않아도 좋으련만 하고 생각하는 내 마음이 표정에 드러났는지 "당신이 묵고 가길 바란다면 그리할까 하오"라고 말했다. 하지만 그렇게까지 꼭 묵고 갔으면 좋겠다고 생각하지는 않아서 이렇게 읊었다.

어쩌겠어요
저 산 능선에도 머물지 않고
마음도 하늘로 나와 버린 달인 것을
いかがせむ 山の端にだに とどまらで 心も空に 出でむ月をば

_미치쓰나의 어머니

내가 이렇게 읊자, 그 사람은 답가로 이렇게 읊더니 우리 집에 묵었다.

달이 뜨는 걸 보고
하늘로 마음이 나갔다고 하다니
달 그림자는 산 능선에 묵어야겠소
ひさかたの 空に心の 出づといへば 影はそこにも とまるべきかな

_가네이에

그러다 또 늦가을 무렵 세찬 바람이 휘몰아치고 난 뒤 이틀쯤 지나 찾아왔다. 나는 "얼마 전과 같은 그런 세찬 바람이 불면 보통 사람들은 아무 일 없나 걱정하며 안부라도 묻는데 말입니다"라고 말했다. 그런 반응을 할 만하다고 생각했는지 오히려 아무렇지도 않은 듯 그 사람은 이렇게 읊었다.

입 밖에 내면
나뭇잎이 바람에 떨어지듯이
날아갈까 두려워 직접 보러 왔건만
ことのはは 散りもやすると とめ置きて 今日はみからも とふにやはあらぬ
　　　　　　　　　　　　　　　　　　　　　　　__가네이에

이에 답가로 이렇게 읊었다.

바람에 설령
날아간다 해도 안부 물어줬더라면
세찬 동풍 타고 내게 왔을 터인데
散りきても とひぞしてまし ことのはを こちはさばかり 吹きしたよりに
　　　　　　　　　　　　　　　　　　　　__미치쓰나의 어머니

그러자 그 사람이 또 이렇게 읊었다.

동풍이라면

어디든지 부는데 어찌 그런 바람에

실어서 보내겠소 소중한 그대 안부를

こちといへば おほぞうなりし 風にいかが つけてはとはむ あたら名だてに

_가네이에

지고 싶지 않아서 또 한 번 답가를 읊었다.

날아가 버릴까

걱정되어 안 보낸 편지였다면

오늘 아침 오자마자 건네주지 그랬어요

散らさじと 惜しみおきける ことのはを きながらだにぞ 今朝はとはまし

_미치쓰나의 어머니

그러자 그 사람은 이번 일은 내 말이 그럴듯하다고 납득하는 듯했다. 나중에 10월쯤에 "이번에는 정말로 도저히 모른 척하고 그냥 넘어갈 수 없는 일이 있어서"라며 그 사람이 돌아가려고 하는데 공교롭게도 늦가을 비가 계절에 맞지 않게 거세게 쏟아졌다. 그런데도 그 사람이 가려고 하자 어이가 없어서 나도 모르게 읊었다.

가야 할 이유

있는 것 알겠지만 이리 늦은 밤

이 빗속을 뚫고 돌아가겠다니
ことわりの をりとは見れど 小夜更けて かくや時雨の ふりは出づべき
__미치쓰나의 어머니

내가 이렇게 읊었는데도 막무가내로 나갔다. 도대체 이런 사람이
또 어디 있단 말인가.

사랑하지도 번민하지도 않는 세계를 찾아

더는 당신을
기다릴 일 없으니 나는 물론이고
이 약 둘 곳도 없어 슬퍼 견딜 수 없네
さむしろの したまつことも 絶えぬれば おかむかただに なきぞ悲しき
__미치쓰나의 어머니

"이제부터 산사에 쭉 은거하겠습니다. 말씀은 드려야 할 것 같아
서요" 하고 아들이 그 사람 집에 인사하러 가는 길에 편지와 함께
들려 보냈다.

"〈어디에서든 그 모습 안 바꾸니 깊은 산으로 간대도 날 찾지
않으리니(いづくへも 身をしかへねば 雲懸かる 山ぶみしても とはれざりけ
り)〉라는 시에서도 말하듯이 어디를 가든 당신이 나를 찾아와 주지
는 않겠지만 그래도 당신이 내 집 앞을 그냥 지나쳐 버리지 않는

세계도 있지 않을까 싶어 오늘 떠납니다. 이 또한 나의 이상한 신세 타령이 되고 말았군요.”

혹시 이 일에 대해 무어라 물으시거든 ‘편지를 쓰고 이미 출발하셨습니다. 저도 뒤따라 갈 것입니다’라고 말씀드리라고 일렀다. 산사로 가려는 내가 무척이나 황망해 보였는지 답장을 보내왔다.

“구구절절 다 옳은 말씀이오. 그러나 가시는 절이 어디인지 알려 주었으면 하오. 요즘은 불공을 드리기에도 힘든 계절인데 이번 한 번만 내 말을 듣고 가지 않았으면 좋겠소. 의논하고 싶은 일도 있으니 지금 바로 가겠소.” 그리고 이런 시가 덧붙여져 있었다.

기가 막히네
내 그토록 당신을 믿었건만
이부자리 뒤집듯 요동치는 당신 마음
あさましや のどかに頼む とこのうらを うち返しける 波の心よ

＿가네이에

게다가 “참으로 괴롭기 짝이 없소”라고 적혀 있는 것을 보니 더욱 더 마음이 바빠져 집을 나왔다.

중고 여성문학 2

: 수필 『마쿠라노소시(枕草子)』

[솔직하고 감각적인 감성의 소유자: 세이 쇼나곤]

세이 쇼나곤(淸少納言, 966?~1025?)은 유명한 와카 시인을 여럿 배출한 중류 귀족 집안의 딸로 태어났다. 『고금와카집(古今和歌集)』(905)의 대표 가인인 기요하라노 후카야부(淸原深養父, 미상)가 증조부이고, 아버지인 기요하라노 모토스케(淸原元輔, 908~990)로부터는 와카와 한문을

그림 9. 〈세이 쇼나곤〉(우에무라 쇼엔, 1917년 추정, 기타노미술관 소장)

배워 교양을 쌓았다. 981년 무렵 무쓰(陸奥)의 수령이었던 다치바나 노 노리미쓰(橘則光, 965~?)와 결혼하여 이듬해 아들 노리나가를 낳았지만 곧 이혼했으며 후에 셋쓰(摂津)의 수령인 후지와라노 무네요(藤原棟世, 미상)와 재혼하여 딸 고바노묘부(小馬命婦, 미상)를 낳았다.

993년 당시의 섭정관백이며 태정대신인 후지와라노 미치타카(藤原道隆, 953~995)의 딸이자 이치조 천황의 황후(중궁)인 데이시(定子, 977~1001)를 보필하는 뇨보로 발탁되었다. 이후 궁중에서 근무하며 활약했고 황후를 보필했던 경험과 궁중생활에 대한 감회를 『마쿠라노소시』(1001 추정)로 집필했다.

이후 이 책은 일본 수필 문학의 효시로서 풍부한 감성과 수준 높은 학식, 발랄한 문체로 궁정 귀족 사회의 문예와 풍류를 한 단계 끌어올렸다는 평가를 받고 있다.

[발랄하고 경쾌한 미의식의 극치: 『마쿠라노소시』]

11세기 초, 데이시 황후에게 출사한 뇨보 세이 쇼나곤이 쓴 302개의 길고 짧은 글(일본에서는 302단이라고 함)로 이루어진 수필집이다. '마쿠라(枕)'는 베개, '소시(草子)'는 묶은 책이라는 뜻으로 '베갯 머리맡에 두는 책' 또는 우타마쿠라(歌枕)의 마쿠라를 의미한다는 등 제목에 대한 다양한 설이 있다. 『겐지 모노가타리』가 '모노노아와레'의 미학을 추구했다면 『마쿠라노소시』는 오카시*의 미학을 추구했다고 일컬어진다.

집필 시기는 세이 쇼나곤이 모시던 데이시 황후의 집안이 몰락한 이후이며 내용은 그가 데이시 황후를 보필했던 한창때의 궁중생활을 바탕으로 쓴 것이다. 당시 귀족들의 생활, 연중행사, 자연관, 일상생활에 대한 소회 등을 지적이면서도 경쾌한 문체로 엮었다.

데이시 황후는 아버지 후지와라노 미치타카가 죽은 후 오빠들이 작은 아버지 후지와라노 미치나가(藤原道長, 966~1028)와의 권력투쟁에서 패해 유배형에 처해지고, 자신보다 11살이나 어린 사촌 여동생 쇼시(藤原彰子, 988~1074)가 새로운 황후로 궁에 들어오는 것을 지켜보아야 하는 등의 수모를 겪었다. 이후 아이를 출산하다 25세의 젊은 나이로 생을 마감했다.

세이 쇼나곤은 『마쿠라노소시』에 데이시의 비극적인 결말에 대해서는 묘사하지 않고, 우아하고 지적인 데이시와 위엄 있고 소탈한 관백 미치타카의 모습에 초점을 맞추어 서술했다. 이는 가장 즐겁고 찬란했던 한 시절을 글로써 후대에 남기고 싶어했던 세이 쇼나곤의 의도적인 선택으로 읽을 수 있다.

---

* 오카시(をかし)는 헤이안시대 일본 고전문학의 미의식을 나타내는 용어로써 웃음을 유발하는 사물에 대하여 마음이 열려 미소를 띠게 될 때의 마음 상태를 말한다. 이러한 미의식은 순수한 감동을 표현하는 미의식 모노노아와레(物の哀れ)와 대조를 이루는 감정이다.

[찬란했던 한 시절, 궁중생활의 기록: 『마쿠라노소시』 읽기]

1단 사계절의 아름다움

봄은 동틀 무렵, 산 능선이 조금씩 하얘지면서 차츰 밝아지고 그 위로 보랏빛 구름이 가늘게 떠 있는 풍경이 멋있다. 여름은 밤. 달 밝은 밤이면 더할 나위 없고 칠흑같이 어두운 밤이라도 반딧불이가 반짝반짝 여기저기 날아다니는 광경이 보기 좋다. 반딧불이가 한두 마리 희미하게 빛을 내며 날아가는 모습도 운치 있다. 비 오는 밤도 좋다.

가을은 해질녘. 석양이 내려앉아 산봉우리에 가까워졌을 때 까마귀가 둥지를 향해서 서너 마리, 아니면 두세 마리씩 무리를 지어 바삐 날아가는 광경에 가슴이 뭉클한 정취가 느껴진다. 기러기가 저 멀리 줄지어 날아가는 풍경도 한층 더 정취가 있다. 해가 진 후 들려오는 바람소리나 벌레 소리도 더할 나위 없이 좋다.

겨울은 새벽녘. 눈이 내리면 제일 좋지만 서리가 하얗게 내린 풍경도 멋지고 몹시 추운 날 급하게 피운 숯을 들고 지나가는 모습도 그 나름 겨울에 어울리는 보기 좋은 풍경이다. 하지만 낮이 되어서 추위가 누그러들었다고 숯을 뜨겁게 피우지 않으면 화로 속이 금방 흰 재로 변해 버려 좋지 않다.

22단 여자로 태어났다면 한번쯤은

장래성 없이 그저 성실히 살아가는 행복만을 꿈꾸는 사람은 한심하기 짝이 없다. 고귀한 가문에서 태어난 여자라면 역시 입궐해 뇨보로 일하면서 이 세상이 얼마나 넓은지 봐야 하고, 될 수만 있다면 나이시노스케(典侍, 뇨보의 직책) 직책까지 올라가 잠시라도 그런 생활을 해 보는 것이 좋다.

궁중에 출사하는 여자를 경멸하고 비난하는 남자는 정말이지 얄밉기 짝이 없다. 하지만 한편으로는 그럴 만하다는 생각도 든다. 뇨보가 되면 입에 올리기조차도 황송한 천황을 비롯해 고위 대신, 당상관, 5위, 4위, 만나지 않는 사람이 없을 정도이다. 뇨보의 시종이나 뇨보의 본가 사람, 시녀, 몸종 등 미천한 신분의 사람까지도 숨김없이 뇨보의 모습을 보게 된다. 남자는 궁에서 일을 해도 그 정도는 아닐 것이다 하지만 남자들도 궁중에 있을 때는 누구 할 것 없이 얼굴을 마주칠 것이 아닌가.

그러니 시중을 드는 이들이 궁중에 출사했던 사람을 마님이라고 부르며 대접해도, 남편만은 아내의 경력을 탐탁지 않게 생각하는 것은 나름 이해되는 일이다. 하지만 나이시노스케라는 높은 직책으로 일을 했기 때문에 궁에 행사가 있을 때 입궐하기도 하고, 마쓰리(祭り, 축제 혹은 제례) 행렬에 칙사로 참가하거나 하면 이 얼마나 명예로운 일인가. 더구나 그렇게 궁중에서 활약했던 사람이 후에 집에 충실하게 살아간다면 오히려 한층 더 훌륭한 일이라 생각한다.

지방 수령인 남편이 고세치(五節)*의 무악(舞樂)을 진상할 때 궁중에 출사했던 사람이 마님이라면 절차를 몰라서 물어야 하는 일은 없을 것이고 남편 되는 사람을 다들 존경할 것이다.

26단 얄미운 것

급한 일이 있어 바쁜데 찾아와 길게 수다를 떠는 사람. 나중에 와 달라고 할 수 있는 편한 사람이면 그나마 일단 돌려보낼 수라도 있을 텐데 상대가 이쪽에서 신경을 써야 하는 지체 높으신 분이기라도 하면 "정말 눈치 없는 사람이구나" 하고 속으로 생각해야 하니 밉살스럽기만 하다. 또 벼루에 머리카락이 들어가 있는 것을 모르고 먹을 갈았을 때나, 먹에 돌이 섞여 먹을 갈 때 끼익끼익 소리가 나는 것도 거슬린다.

급한 환자가 생겨 기도를 해줄 수도승을 부르려는데 마침 자리가 없어 하인이 여기저기 찾아다니다가 겨우 불러와 한숨 돌리고 기도를 올리게 했더니, 요새 원령을 자주 봐서 놀랍지도 않은지 앉아 기도를 시작하자마자 졸린 목소리를 내는 것도 밉살스럽다.

별 볼 일 없는 사람이 실실 웃으면서 득의양양하게 가르치려 드는 것도 얄밉다.

---

* 음력 동짓달 중 축일(丑日), 인일(寅日), 묘일(卯日), 진일(辰日)의 나흘에 걸쳐하던 궁중의 소녀 무악 행사 혹은 그 춤을 추는 무희들을 뜻한다.

화롯불이나 화덕 앞에서 손바닥을 계속 뒤집고 비비면서 불을 쬐는 사람도 꼴불견이다. 젊은이들이 그런 몰염치한 행동 하는 걸 본 적이 있는가. 나이 들고 볼썽사나운 사람들이 꼭 그렇게 화로에 다리까지 올려놓고 이야기를 하며 비비적거린다. 그런 사람이 남의 집에 찾아와 앉기도 전에 부채로 여기저기 먼지를 일으키고는 한 번에 차분하게 앉지 않고 이리저리 자세를 바꿔 가며 앉는 것도 싫다. 거기에 가리기누(狩衣) 옷자락을 무릎 밑에 대충 깔고 앉을 때도 있다. 이런 천박한 행동은 신분이 낮은 사람들만 하는 짓인 줄 알았는데 웬만큼 신분 있는 사람도 그런 짓을 한다.

또 술을 마시고 소리를 지르며 손가락으로 입을 만지작거리고 수염을 쓰다듬으며 다른 사람에게 술잔을 돌리는 사람도 짜증이 난다. 한 잔 더 마시라는 뜻인지 몸과 머리를 마구 흔들고 입술을 비죽거리며, 아이들이 높으신 분 댁에 찾아가서 노래 부를 때 같은 표정을 짓는다. 높은 신분의 사람이 이런 추태를 부리는 모습을 보면 정말이지 너무 싫다.

모든 일에 남 탓을 하고 신세 한탄을 하며 특히 남의 뒷얘기를 좋아해 사소한 일까지도 알고 싶어 꼬치꼬치 캐묻고, 얘기를 안 해 주면 원망하고 비난하는 사람도 싫다. 남한테 들은 얘기를 마치 원래부터 자기가 알던 일인 마냥 다른 사람들에게 뻐기며 얘기하고 다니는 사람도 정말 꼴불견이다.

누군가가 하는 말을 들으려고 할 때 우는 아기나 무리 지어 여기저기 날아다니며 까악까악 소리 내며 우는 까마귀도 밉살스럽다.

남의 눈을 피해 밤에 여자를 만나러 오는 남자를 보고 눈치 없이 짖는 개, 무리해서 숨겨 두었는데 들키도록 코를 골며 자는 사람, 또 몰래 찾아오는 주제에 높은 모자를 쓰고 와서 남의 눈을 피한답 시고 허둥지둥 들어오다가 부딪혀서 소리를 내는 사람도 밉살스럽다. 이요 지방에서 만든 발(簾)을 드리워 뒀는데 그걸 제대로 걷어올리지를 못해 건드려 소리를 내거나 장식 있는 고급 발의 끝자락이 바닥에 부딪치는 소리를 크게 내는 것도 귀에 거슬린다. 그도 그럴 것이 발을 살짝 들어 올리면 조금도 소리가 안 난다. 쪽문을 거칠게 여닫는 것도 무례하다. 살짝만 들어 올려 열면 그런 소리가 날 리가 있겠는가. 그렇게 대충 문을 여닫으니 소리가 크게 나고 누군가 온 것이 티가 난다.

졸음이 쏟아져서 자려고 누웠는데 모기가 가느다란 날개소리를 내며 얼굴 주변을 날아다니는 것도 밉살스럽다. 그 소리만큼 작은 날개로 날개바람을 보내는 것도 밉살스럽기 그지없다.

삐걱삐걱 소리를 내는 우차를 타고 다니는 사람은 그 소리가 안 들리는지 화가 난다. 내가 그런 우차를 타고 있을 때는 그 우차의 주인까지도 미워진다. 또 세상 돌아가는 이야기를 할 때 나대면서 이야기 중간에 말참견하는 사람이 싫다. 그런 사람은 애고 어른이고 다 싫다. 가끔 오는 아이들을 귀여워해서 좋은 선물을 들려 보냈더니, 점점 뻔뻔해져서 계속 찾아오고 마치 자기네 집인 양 함부로 드나들며 집을 어지르는 것도 화가 난다.

집에서도 궁중에서도 될 수 있으면 안 만나고 싶은 사람이 찾아와서 일부러 자는 척하는데, 시녀가 자꾸 깨우러 와서 한심하다는 표정으로 마구 흔들어 깨우려는 것도 짜증이 난다. 신참 뇨보가 고참을 제쳐두고 다 아는 듯한 말투로 갓 들어온 뇨보를 가르치려 들고 간섭하는 것도 싫다.

깊은 관계에 있는 남자가 전에 만나던 여자에 대해서 칭찬하는 것 또한 비록 과거의 일이라고 해도 화가 나는 법이다. 하물며 아직 관계가 지속되고 있는 여자를 칭찬할 때는 더 화가 난다. 하지만 어떨 때는 그런 얘기를 들어도 별로 화가 안 날 때도 있다.

재채기하고 주문을 외는 사람, 일가의 주인이 아닌 사람이 아무런 거리낌 없이 재채기하는 것도 너무나 싫다. 이벌레도 매우 밉살스럽다. 옷이 들썩들썩할 정도로 옷 속에서 튀어 다닌다. 개 여러 마리가 멀리서 길게 우는 소리도 불길해서 싫다. 문을 안 닫고 다니는 사람도 밉살스럽다.

27단 가슴 설레는 것

새끼 참새를 기르는 것. 뛰어노는 어린 아이들 앞을 지나가는 것, 고급 향을 피워 놓고 혼자 누워있는 것. 외국에서 건너온 살짝 어두워진 거울을 들여다보고 있는 것. 고귀한 신분의 남자가 내 집 앞에 우차를 세우고 시종에게 뭔가 묻는 것. 머리 감고 화장하고 진한 향기가 나는 옷을 입는 것. 그런 때는 보여줄 사람이 없어도 가슴이 설렌다. 기다리는 사람이 있는 밤은 빗소리나 바람소리만 들려도 문득 가슴이 철렁 내려앉는다.

43단 어울리지 않는 것

신분이 낮은 자들 사는 집 지붕에 흰 눈이 소복하게 쌓인 경치. 거기에 달빛까지 밝게 내려앉으면 정말이지 안타깝다. 달 밝은 밤에 지붕 없는 우차와 만났을 때. 지붕도 없는데 누런 황소가 끌고 있으면 최악이다. 나이 든 여자가 나잇값도 못하고 임신해서 산만한 배를 끌어안고 돌아다니는 모습도 가관이다. 나이든 여자가 젊은 남편을 얻은 것만 해도 꼴불견인데 그 남편이 다른 여자 집에 가느라 자기에게 오지 않는다고 화내는 것도 주제넘은 짓이다.

나이 지긋한 남자가 잠에서 덜 깬 모양새. 또 수염이 덥수룩한 늙은 남자가 앞니로 알밤을 깨무는 모습도 참 안 어울린다. 이도 없는 노파가 매실을 먹고 시다고 찡그리는 표정도 보기 흉하다. 하급 뇨보가 고상한 다홍색 하카마를 입은 것도 주제넘어 보인다. 그런데 요즘에는 너 나 할 것 없이 다 그렇게들 입고 다녀서 어이가 없다.

경비를 보는 병사가 밤에 순찰하는 것도 그렇다. 궁 안을 돌아다니는데 가리기누같이 가벼운 차림새를 한 것도 보기 싫지만 그렇다고 해서 사람들이 두려워할 정도로 붉은 옷을 입어도 너무 거창하다. 아직 순찰 도는 중인데 뇨보들의 방 주변을 기웃거리는 것도 한심한데 그런 주제에 "수상한 자는 없느냐" 하고 도리어 큰소리를 치며 묻는다. 사귀고 있는 뇨보의 방에 슬쩍 들어가 향을 피워 놓은 휘장 위에 흰색 하카마를 벗어서 대충 걸쳐 놓은 것을 보면 정말이지 탄식이 나올 정도이다. 용모단정한 명문자제가 감찰기관인 탄정대 (弹正台)의 차관이 되는 것도 걸맞지 않는 일이다. 주조(中将)께서 탄정대에 재직하실 때도 매우 안타까웠다.

61단 새벽에 헤어지는 법

새벽녘 여자를 떠나 집으로 돌아가는 남자는 복장을 너무 단정히 하지 않고 에보시(烏帽子) 끈을 꽉 묶지 않는 것이 좋다고 생각한다. 나올 때도 일어나기 싫은 듯이 머뭇거리다가 여자가 "날이 다 밝았어요. 다른 사람 눈에 띄기라도 하면 어쩌려고 그러세요?" 하고 재촉하면 그제야 겨우 한숨을 쉬면서 진심으로 헤어지기 싫다는 듯이 구는 것이 좋다. 그저 우두커니 앉아서 바지 입을 생각도 없는 것처럼 있어야 한다. 그러다가 여자의 귓가에 밤에 했던 얘기를 속삭이면서, 속옷 끈을 묶고 일어나 격자문을 밀어 올리고 쪽문 있는 곳까지 여자를 데리고 가는 것이다. 그리고 낮 동안 못 만나는 것이 얼마나 가슴 아픈지 다시 한번 여자 귀에 대고 속삭이면 얼마나 좋은가. 남자가 이렇게 하고 가면 여자 쪽에서는 자연히 그 뒷모습을 바라보며 헤어지는 것을 슬퍼하게 된다.

그런데 보통 그렇지가 않다. 무슨 급한 일이라도 생각난 듯 벌떡 일어나 잽싸게 바지 끈을 묶고 노시(直衣)나 포(袍), 가리기누 소맷자락을 걷어 올려 옷매무새를 매만진 다음, 허리띠를 꽉 묶어 안에 집어넣고 반듯하게 다시 선다. 그리고 어젯밤에 베개 위에 놓아둔 부채나 종이를 더듬더듬 찾다가 어두워서 잘 안 보이면 "어디 있느냐? 도대체 어디 있어?" 하며 손으로 방바닥을 더듬어 겨우 찾아낸 다음 "어휴, 겨우 찾았네" 하고 안도의 한숨을 내쉰다. 그리고는 그 부채를 마구 부치며 품에 회지를 집어넣고 "그럼 이만 실례하겠소." 하고 돌아가는데 이것이 보통 남자들의 태도이다.

123단 민망한 일

다른 사람을 불렀는데 나 부르는 줄 알고 얼굴을 내밀었을 때 민망하다. 그때 그쪽에서 뭔가 전달할 물건이 있으면 더 민망하다. 별 생각 없이 험담을 했는데 아무것도 모르는 어린 아이가 듣고 기억하고 있다가 그 사람 앞에서 말해버렸을 때도 얼굴이 뜨겁다.

슬픈 얘기를 듣고 다른 사람들은 다 울고 있는데 나도 정말로 불쌍하다는 생각은 하지만 눈물이 바로 나오지 않을 때 정말 민망하다. 울먹이는 표정을 짓고 슬픈 척 해보아도 전혀 눈물이 나오질 않는다. 반대로 남의 경사스러운 모습을 보는데 울컥하고 눈물이 쏟아지는 일도 있다.

124단 관백님께서 퇴청하시는 모습을 보고

관백 미치타카 님께서 흑문으로 퇴청하신다는 전갈을 듣고 뇨보들이 빈틈없이 대기하고 있었다. 그러자 관백님께서는 "아, 미인 뇨보들이 모였구만. 이 늙은이가 얼마나 추한가 보고 웃겠지?" 하고 농담을 던지며 뇨보들 사이를 지나 나가셨다. 문에 가까이 서 있던 뇨보들이 색색으로 화려한 소맷자락을 보이며 발을 들어올렸다. 관백님께서 밖으로 나가시자 곤다이나곤 고레치카 님께서 관백님께 신을 신겨 드렸다. 그 모습이 진중하고 청아하였다. 옷자락이 길게 늘어져서 좁은지 단정한 자세로 비켜서 계신다. 다이나곤씩이나 되는 높으신 분이 신발을 신겨 드리는 분은 도대체 얼마나 더 고귀하다는 것일까?

야마노이 다이나곤 미치요리 님과 아래 형제분들, 그리고 친척 아닌 분들까지 검은 점을 흩뿌린 듯 후지쓰보 담장부터 도카덴(登花殿) 앞까지 늘어서서 무릎을 꿇고 계셨고 관백님께서는 말쑥하고 기품 있는 모습으로 허리에 찬 칼을 살피시며 잠시 걸음을 멈추고 서 계셨다. 미치나가 님께서는 문 근처에 서 계셨는데 관백님의 동생이시니까 무릎을 꿇지 않으리라고 생각했는데 관백님께서 걸음을 옮기기 시작하자 바로 무릎을 꿇으셨다. 분명 전생에 무언가 좋은 일을 많이 하셔서 관백님이 되셨으리라. 그런 장면을 볼 수 있었던 것은 퍽 멋진 일이었다.

주나곤 뇨보가 제삿날이라며 엄숙하게 근행을 하시는 것을 보고 내가 "그 염주를 잠시만 빌려주세요. 저도 열심히 불도를 닦아서 관백님처럼 훌륭한 사람으로 다시 태어나고 싶습니다"라고 했더니 모두 웃었다. 하지만 그냥 하는 말이 아니라 정말로 그렇게 되고 싶었다. 중궁께서 이 말을 듣고 "수행을 해서 부처가 되면 관백보다 훨씬 훌륭한 것이 아니겠는가" 하며 웃으시는 것 또한 훌륭하신 모습이었다.

관백님 앞에 미치나가 님께서 무릎 꿇으신 것을 내가 몇 번이고 감탄하며 아뢰니 중궁께서는 "자네는 원래 그 사람을 좋아하니까" 하며 웃으셨다. 그 후 미치나가 님께서 얼마나 출세하셨는지를 중궁께서 보셨더라면 그 미치나가 님을 무릎 꿇게 하신 관백님이 얼마나 대단한 분인지 납득하셨을 것이 틀림없다.

182단 기누기누(後朝) 편지

독신에 풍류를 아는 남자가 밤에 어느 여자네 집에서 잤는지 새벽녘에 돌아와서 졸려서 약간은 흐트러진 채로, 벼루를 끌어당겨 정성스레 먹을 갈아, 대충 휘갈기지 않고 집중해서 기누기누 편지*를 쓰는 모습은 정말 운치 있다. 흰 속옷을 여러 겹 겹쳐 입은 위에 황매화 옷과 다홍색 옷을 입었는데, 흰색 홑옷이 심하게 구겨진 것

---

* 기누기누(後朝)란 남녀가 동침한 다음날 서로의 옷을 교환하던 고대의 풍습에서 온 말로, 동침한 남녀가 아침에 헤어진 후 남자 쪽에서 여자에게 보내는 편지를 기누기누 편지라고 한다.

을 알면서도 그 모습 그대로 편지를 써서 바로 앞에 기다리고 있는 뇨보에게 주지 않고 일부러 밖에 나가 심부름을 할 만한 시종을 부른 후에 무언가를 조용히 이르고 편지를 들려 보낸다. 편지를 보낸 후에도 혼자 생각에 잠겨 아련히 밖을 내다보면서 경전 일부분을 나지막한 목소리로 읊조리고 있노라니 안쪽 방에서 아침 죽과 물을 준비했다며 재촉하지만 그저 책상에 기대어 앉아 책만 들여다본다.

흥미롭다 싶은 곳은 소리 높여 읽는 모습도 퍽 정취가 있다. 손을 씻은 다음 노시(直衣)만 입고 『법화경』 6권을 읽는 모습이 실로 고귀하게 느껴진다. 그러는 동안 상대방 여자의 집이 가까운 곳에 있는지 아까 심부름 간 시종이 답장을 받아 와 기색을 살피자, 바로 독경을 멈추고 답장을 읽는다. 이렇듯 신실하지 못하게 독경을 게을리하면 벌을 받게 되지는 않을지 흥미롭다.

216단 달빛 아래

달 밝은 밤, 강을 건너면 우차를 모는 소가 걸음을 옮길 때마다 마치 수정이 부서지듯 물방울이 튀는 광경이 정말이지 근사하다.

280단 향로봉의 눈

눈이 아주 많이 내린 날, 그날따라 격자문을 내려놓고 화롯불 주변에 모여 이야기를 나누고 있었다. 그때 중궁께서 "쇼나곤아, 향로

봉의 눈은 어찌 되었느냐" 하고 물으셨다. 그래서 재빨리 일어나 격자문을 올리고 발을 높이 말아 올렸다. 중궁께서는 생긋 웃으셨다. 옆에 있던 다른 뇨보들은 "시구를 다 알아서 시로 읊기도 했는데 지금은 미처 생각을 못했구나. 중궁의 뇨보라면 저 정도는 되어야겠지"라고 입을 모아 말했다.

그림 10. 데이시 황후의 여동생 시게이샤(淑景舍)가 궁중을 방문하여 함께 시간을 보내는 장면, 『마쿠라노소시』 100단(작가미상, 〈마쿠라노소시 에코토바(枕草子絵詞)〉, 14세기 초, 개인 소장)

중고 여성문학 3

: 소설 『겐지 모노가타리(源氏物語)』

[다양한 여성의 삶을 그려내다: 무라사키 시키부]

무라사키 시키부(紫式部, 978?~1014?)는 중고시대 중기에 활동한 소설가이자 시인으로『겐지 모노가타리』(1008 추정)의 작자이다. 섭관 정치가 최전성기였던 970년 경 후지와라노 다메토키(藤原為時, 949~1029)의 딸로 태어났다. 철들기 전에 어머니와 언니가 세상을 뜬 사실이 가집『무라사키 시키부집(紫式部集)』

그림 11. 〈무라사키 시키부(紫式部図)〉(도사 미츠오키, 17세기 추정, 이시야마데라 소장)

에 나타나 있다. 28세 때 부친과 비슷한 연령인 후지와라노 노부타카(藤原宣孝, ?~1001)와 결혼했다. 당시로서는 늦은 결혼이었는데 무라사키 시키부가 어렸을 때 10여 년간 제대로 된 관직을 갖지 못했던 아버지 때문이었다.

아버지 다메토키는 가문은 좋았지만 당시에는 그저 지방수령이었다. 다만 학자로 명망이 높아서 무라사키 시키부는 학문적 환경에서 자랄 수 있었다. 하지만 노부타카는 나이도 많았고 다른 부인들과의 사이에 자식들도 있었으며 결혼 3년 만에 병사했다. 무라사키 시키부가 자신의 작품을 통해 여자의 삶이 얼마나 힘든지, 행복한 결혼생활이 얼마나 어려운지를 다룬 까닭도 이와 같은 내력 때문이다.

무라사키 시키부가 문학적 재능이 있다는 것은 결혼 이전부터 알려져 있어 후지와라노 미치나가의 딸 쇼시(彰子, 988~1074) 황후의 궁중생활을 보좌하는 뇨보로 발탁되었다. 그는 이 궁중생활 경험을 바탕으로 『겐지 모노가타리』와 『무라사키 시키부 일기(紫式部日記)』(1010 추정)를 집필했다. 당대의 사랑과 결혼생활, 인물들의 심리를 장대하고 섬세하게 집필하여 헤이안 문학의 최고봉이라는 평가를 받는다.

[헤이안시대 궁중문학의 절정: 『겐지 모노가타리』]

11세기 초(1008 추정) 무라사키 시키부가 쓴 일본 고전 장편소설이다. 4명의 천황과 500명에 가까운 인물이 등장하는 70여 년에 걸친 이야기로 전 54권으로 이루어져 있다. 주인공은 기리쓰보 천황의 아들 히카루 겐지(光源氏)로 뛰어난 용모와 자질을 갖춘 당대의 이상적인 남성상으로 그려진다.

작품은 히카루 겐지의 출생과 시련, 그리고 영화와 죽음에 이

그림 12. 〈겐지 모노가타리 에마키(源氏物語絵巻)〉(도사 미쓰오키, 17세기 추정, 메트로폴리탄 미술관 소장)

르는 과정을 담고 있으며 많은 여성과의 다채로운 연애와 겐지 사후에 후세들이 경험하는 삶의 갈등을 섬세한 필치로 묘사하고 있다. 일본 중고시대 교토의 화려한 귀족문화를 배경으로 인간의 감정과 자연의 아름다움을 매우 섬세하게 그려내고 있으며, '모노노아와레'*의 미학을 문학화하고 있다.

본격적인 장편소설로는 세계에서 가장 오래된 작품으로 일본문학사 뿐 아니라 세계문학사에서도 매우 중요한 작품이며 세계 20여 국의 언어로 번역되었다.

---

* 모노노아와레(もののあわれ): 에도시대의 국학자 모토오리 노리나가(本居宣長, 1732~1801)가 주장한 문학 및 미학의 이념으로 『겐지 모노가타리』의 문학적 미적 개념, 미의식으로도 꼽힌다. 사물의 슬픔, 만물을 연민하는 마음 등을 뜻하며, 자연과 인생의 여러 상황에서 나타나는 순간적인 아름다움에 대한 깊고 애절한 공감, 이해를 말한다.

[세계에서 가장 오래된 장편소설: 『겐지 모노가타리』 읽기]

후궁 기리쓰보 황자를 낳다

천황과 후궁 기리쓰보(桐壺更衣)의 인연이 전생에서부터 깊었는지 이 세상에 둘도 없을 만큼 기품 있고 보옥처럼 아름다운 황자가 태어났다. 기리쓰보 천황은 황자와 빨리 만나고 싶어 마음이 급해 서둘러 입궐하게 해서 아이를 보았다. 실로 아름다운 황자였다. 천황의 첫째 황자는 우대신 집안에서 나온 황후(女御)의 소생이었으므로 뒤에서 버티고 있는 후견인도 든든하니 당연히 다음을 이을 동궁이 될 거라고 세상 사람들이 귀하게 여겼다. 하지만 이 빛나는 황자님의 아름다움에는 비견할 바가 못 되었다. 천황은 다음 황위에 오를 존재라서 첫째 황자를 귀하게 여겼지만 새 황자는 특별히 아끼셨다.

원래부터 기리쓰보는 그저 그런 궁인들과 달리 천황의 옆에서 시중을 들어야 하는 신분은 아니었다. 세간의 신망도 있고 품위도 지켜야 했다. 그런데 관현 연주나 무슨 무슨 행사만 있으면 무리하게 자주 불렀다.

어머니를 닮은 후지쓰보 황후를 따르는 히카루 겐지

겐지는 아버지 천황 곁을 떠나지 않고 붙어 있었기 때문에 천황과 가까이 지내는 사람은 부끄럽다고 해서 겐지를 멀리할 수가 없었다. 어떤 후궁도 자신이 다른 사람보다 못하다고 생각하는 이는 없었다. 한 사람 한 사람 모두 아름답지만 다들 한창 때는 지났는데 후지쓰보 황후(藤壺女御)는 아주 젊고 아름다웠다. 애써 얼굴을 감추시지만 겐지 님께서 어쩌다 자연스럽게 그 모습을 보게 되었다. 어머니의 모습조차 전혀 기억하지 못했는데 어떤 뇨보가 "어머님과 무척 닮으셨습니다"라고 하기에 겐지는 어린 마음에도 후지쓰보 황후를 매우 정답게 여겼다. 그래서 늘 만나고 싶어 하고 친밀하게 여기어 '가까이에서 뵈면 얼마나 좋을까' 생각했다.

천황도 이 두 사람에게 한없는 애정을 쏟았기 때문에 "겐지에게 친근하게 대해주시오. 당신을 보고 있으면 신기하게도 황자의 어머니와 꼭 닮았소. 그러니 무례하다고 생각지 말고 귀여워해주시오. 당신의 얼굴, 눈매가 참으로 닮았으니 당신이 황자의 어머니로 보이는 것도 이상한 일이 아니오."라고 부탁했다. 그래서 겐지는 어린 마음에 꽃이나 단풍철이 되면 그것을 선물하고는 했다.

이렇게 각별하게 따르니 후지쓰보 황후와 사이가 원만하지 않은 고키덴 황후(弘徽殿女御)는 원래부터 겐지와 겐지의 어머니를 못마땅해 했는데 그 마음이 되살아나 두 사람 사이를 불쾌하게 여겼다. 비록 천황께서 동궁을 세상에 비할 바 없이 여기고 세간에서 동궁의 평판 또한 좋지만 이에 견주어 보아도 역시 겐지의 빛나는 아름다움은 비교가 되지 않을 정도로 사랑스러웠다. 그래서 세상 사람들은 겐지를 '히카루키미'라고 불렀다. 후지쓰보 황후 또한 겐지와 어깨를 나란히 하시고 천황의 총애 또한 각별하여 가가야쿠노 미야라고 불렸다.*

사가로 퇴궐한 후지쓰보 황후와 밀회하는 히카루 겐지

후지쓰보 황후는 몸이 좋지 않아서 사가로 퇴궐해 있었다. 기리쓰보 천황은 몹시 걱정하고 한탄했다. 겐지는 그 모습이 가슴 아프면서도 이런 기회가 아니면 또 언제 후지쓰보 황후와 만날 수 있을까 싶은 마음에 정신이 팔려 있었다. 겐지는 궁중에 있을 때도 집에 있을 때도 낮 동안에는 그리워하며 시름에 잠겨 있다가, 날이 저물면 오묘부(王命婦)를 쫓아다니며 후지쓰보를 만나게 해달라고 졸랐다. 결국 오묘부가 도와주어 만날 수 있게 되었다. 밀회를 하는 동안도 생시로 느껴지지 않아 괴롭기만 했다. 후지쓰보 황후 또한 겐지와의 옛일을 떠올리는 것조차 고통스러웠기에 그것으로 끝내야겠다고 굳게 결심했던 터라 참으로 괴로웠다. 하지만 애정이 넘치고 가련하면서도 한편으로는 흐트러지지 않고 사려 깊은 데다 괜스레 부끄러워질 정도로 조심스러운 겐지의 태도는 역시나 보통 사람과는 다르게 각별했다. 어찌하여 부족한 구석조차 없는지 그것마저 원망스러웠다.

겐지는 하고 싶은 말을 다 할 수가 없었다. 구라부산에 잠자리를

---

* 히카루(光る)와 가가야쿠(かがやく)는 모두 '빛나다'라는 뜻이다.

구하였으면 하는 마음도 들었지만 밤은 짧기만 하니 오히려 원망스
러웠다.

만나도 다시
밤에는 만날 수 없는 이 몸은
이 꿈속에 이대로 섞여들고 싶구나
見てもまた あふよまれなる 夢の中に やがてまぎるる わが身ともがな
_히카루 겐지

후지쓰보는 겐지가 눈물 흘리는 모습에 가슴이 아파져 이렇게
읊었다.

후대로 전할
이야깃거리로구나 비할 바 없이
괴로운 이내 신세 꿈속 일이라 해도
世がたりに 人や伝へん たぐひなく うき身を醒めぬ 夢になしても
_후지쓰보 황후

황후가 어찌할 바 몰라 하는 모습조차 겐지에게는 너무나 당연하
고 황송한 일이다. 오묘부가 겐지의 옷을 모아 왔다.

겐지, 추한 스에쓰무하나의 모습을 보다

우선 앉은 키가 크고 몸통이 길었다. 잘못 본 게 아니구나 싶어 속이 상했다. 특히 보기 싫은 곳은 코였다. 안 보려고 해도 자연스레 눈길이 갔다. 꼭 보현보살이 타고 다니는 코가 빨간 흰 코끼리 같았다. 놀랄 만큼 높고 길게 뻗어 있는 데다 코끝이 조금 처지고 불그스름해서 특히 보기 싫다. 얼굴빛은 흰 눈도 무색할 만큼 희고 푸른빛이 도는 데다 이마는 더할 나위 없이 넓고 하관도 길었다. 마른 것도 말해보자면 가엾을 정도로 뼈밖에 없어서 어깨 근처는 딱할 정도였다. 스에쓰무하나의 모습을 적나라하게 봐버린 것을 후회하면서도 자꾸만 시선이 그쪽으로 갔다.

머리 형태나 머리카락을 묶어 길게 등허리로 흘러내리게 한 모습만은 아름다워서 각별히 아름답다고 알려진 분들과도 전혀 뒤처지지 않을 만했다. 머리카락이 우치키 옷자락에 흘러내려 끌리는 부분이 일척은 넘을 것 같았다. 입은 옷에 대해 이러쿵저러쿵 하는 것은 품위가 없는 일이지만 옛 이야기에서도 등장인물의 옷차림을 가장 먼저 말하는 법이다. 심하게 색이 바래 희끗해진 붉은색 옷 위에 제 색을 알 수 없게 된 검은 우치키를 겹쳐 입고 겉옷으로는 참으로 기품 있고 아름다운 향내가 밴 검은 담비 가죽옷을 입고 있다. 고풍스럽고 유서 깊은 차림새이기는 하지만, 역시나 젊은 여자의 옷차림으로는 어울리지 않고 야단스럽게 꾸민 듯한 느낌을 주었다.

하지만 만약 이 가죽옷이 없었다면 추워 보였을 외모였기 때문에 더욱 안타까웠다. 할 말이 없고 그저 말문이 막히지만 무언가 말을 하게 해보려고 이런저런 말을 건네어보았다. 하지만 스에쓰무하나는 하나하나 부끄러워하며 입을 가렸는데 그 행동조차 촌스럽고 예스러웠다. 마치 그 모습이 의식을 담당하는 관인이 야단스럽게 팔꿈치를 쳐들고 걷던 것을 떠올리게 했다. 웃는 모습도 볼품이 없어서 겐지도 어찌할 바를 몰랐다. 딱하기도 하고 한심하기도 해서 더 서둘러 나올 채비를 했다.

"힘이 되어 줄 만한 분도 안 계신 처지이신 것 같아 일부러 인연을 맺었으니 거리를 두지 않고 가깝게 생각해주셨으면 합니다. 그런데 곁을 안 주시는 것 같아 괴롭기만 합니다"라는 말로 구실을 만들었다.

아침 햇살에
처마 밑 고드름은 녹아내리건만
어이하여 당신 맘은 얼어붙는 것일까
朝日さす 軒のたるひは とけながら などかつららの むすぼほるらむ
_히카루 겐지

겐지가 이렇게 와카를 읊었는데도 스에쓰무하나는 그저 입속으로만 웅얼거리며 웃는다. 그마저도 너무 가여워 겐지는 저택을 나왔다.

아내 아오이와 어린 무라사키

후지쓰보 황후는 그즈음 사가에 있었다. 그래서 겐지는 여느 때처럼 만날 기회만 노렸기 때문에 처가인 좌대신 쪽에서는 말들이 많았다. 그리고 그 어린 무라사키를 찾아 데리고 온 것을 "니조노인(二条院)에 어떤 분을 맞아들이셨답니다"라고 어떤 뇨보가 알려주었기 때문에 아오이는 이를 더욱 더 불쾌하게 여겼다.

'속사정을 모르시니 아오이가 그리 생각하시는 것은 당연한 일이다. 하지만 보통 사람들처럼 유순하게 원망의 마음을 솔직히 토로하시면 좋았을 텐데. 그럼 나 또한 숨김없이 말씀드리고 마음을 어루만져 드릴 것을, 생각지도 못한 추측을 하시니 그게 마음에 들지 않아 심술궂은 일도 저지르게 되는구나. 자태가 모자라거나 불만스러운 흠도 없는 사람인데다 다른 사람보다 먼저 시작된 첫 인연이기에 더할 나위 없이 귀한 존재로 여기고 아끼고 있건만. 그런 내 마음을 몰라주니 어쩔 수 없겠지만 나중에는 마음을 돌리겠지'라고 겐지는 믿었다. 그런 점에서 아오이는 겐지에게 각별한 존재였다.

어린 무라사키는 참으로 빼어난 품성과 용모를 지녔으며 겐지와 낯이 익기 시작하자 천진난만하게 따르며 떨어지지 않았다. 겐지는 당분간 저택 안 사람들에게도 누구인지 알려주지 않겠다 생각해서 떨어져 있는 별채에 부족함 없이 살 곳을 꾸미고, 아침저녁으로 드나들며 온갖 것을 가르쳤다. 글씨본을 써서 연습을 시키거나 하니 꼭 다른 곳에 살던 딸을 데려온 듯 했다. 또 청소, 가사 등 모두 따로 담당자를 두어 불안한 마음이 들지 않게 모시도록 했다. 고레미쓰를 제외한 다른 사람들은 도대체 뭐가 뭔지 납득이 가지 않았다. 무라사키의 부친마저도 이 상황을 전혀 몰랐다.

무라사키는 여전히 가끔 옛날을 떠올리며 비구니 스님을 그리워할 때가 많았다. 겐지가 함께일 때는 그런 마음을 잊었지만, 겐지는 밤에 가끔 묵고 가기는 해도 대부분은 이곳저곳 다니느라 틈이 없어서 날이 저물면 집을 나섰다. 이에 무라사키가 겐지의 뒤를 쫓아가고는 했는데 겐지는 이를 무척이나 귀여워했다. 겐지가 이삼일 궁에서 일을 하다 좌대신 댁에라도 들를 때는 무라사키가 시무룩해 했다. 그럴 때마다 겐지는 마음이 아프고 엄마 없는 아이를 데리고 있는 듯해서 이곳저곳을 방문하는 것도 마음이 편치 않았다.

히카루 겐지와 노녀 겐노 나이시노스케

나이가 아주 많은 나이시노스케가 있었다. 집안도 좋고 재치도 있고 고상하여 평판은 좋은데, 너무 호색한 사람이라 그쪽은 진중하지 않은 사람이었다. 겐지는 그 나이시노스케를 보고 이렇게나 나이가 많은데 어찌 이리도 호색한지 의아하게 생각하여 일부러 농담을 건네 떠보았다. 나이시노스케는 이를 자신에게 걸맞지 않는 일이라고 생각도 하지 않았다. 겐지는 기가 막히는 한편 재미있다는 생각도 들어 구애의 말을 해보기도 했다. 하지만 소문이라도 나면 상대의 너무 나이가 많아 어울리지 않기 때문에 매정하게 대했는데 겐노 나이시노스케는 이를 괴로워했다.

겐노 나이시노스케가 천황의 머리를 손질하는 소임을 맡은 날이었다. 다 끝난 뒤 천황은 의관을 담당하는 자를 불러서 방 밖으로 나갔다. 그새 달리 사람도 없다. 겐노 나이시노스케는 보통 때보다도 깔끔하게 꾸몄고 옷맵시와 머리 모양 또한 무척 요염해 보였다. 겐지는 저렇게나 나이를 먹었는데 분수를 모른다 싶어 불쾌한 마음이 들었다. 그러나 호기심에 그냥 지나치지 못하고 겐노 나이시노스케의 옷자락을 끌어당겨 신호를 보냈다. 그러자 겐노 나이시노스케는 지나치게 화려한 그림이 그려진 쥘부채로 얼굴을 살짝 감추고 뒤돌며 연신 곁눈질을 했다. 눈꺼풀이 몹시 거무스름하고 푹 꺼져 있었으며 머리카락도 매우 흐트러져 있다.

나이에 어울리지 않는 쥘부채 무늬다 싶어서 자신이 들고 있던 쥘부채와 바꾸어 보았다. 종이 바탕은 빨갛고 얼굴이 비칠 만큼 색깔이 진한 곳에 높은 나뭇가지가 서 있는 숲속 풍경을 바탕색이 보이지 않게 덧칠해 두었다. 가장자리 쪽에는 꽤 나이가 들어 보이긴 하지만 그럭저럭 정취 있는 필체로 〈오아라키 숲 나무 밑동에 난 잡초 무성해지니 말도 먹지 않고 베는 사람도 없네(大荒木の森の下草老いぬれば 駒もすさめず 刈る人もなし)〉라고 휘갈겨 쓰여 있다. 다른 글도 있을 텐데 취향이 지나치다고 생각해 저도 모르게 웃음을 지으며, "두견새 와서 우는 소리 듣자니 오아라키 숲 그 숲이 바로 새들 여름 거처로구나" 하며 이것저것 말했다. 워낙 어울리지 않는 상대인지라 누가 볼까 신경이 쓰이는데 겐노 나이시노스케는 그렇게도 생각지 않는다.

당신 와주면
익숙한 말에게 풀 베어먹였으리
한창 때를 지나 한물간 아랫잎이라도
君し来ば 手なれの駒に 刈り飼はむ さかり過ぎたる 下葉なりとも

_겐노 나이시노스케

조릿대 짓밟고
만나러 가면 욕을 먹을 것이오
다른 말들이 찾아가리 숲 나무 그늘 당신께
笹分けば 人や咎めむ いつとなく 駒なつくめる 森の木がくれ

_히카루 겐지

생령이 된 로쿠조미야스도코로가 아오이를 괴롭히다

생령이 자꾸 나타나자 아오이의 건강이 몹시 나빠졌다. 로쿠조미야스도코로는 그 원령이 자신의 생령이라는 둥 돌아가신 부친의 영이시라는 둥 수군거리는 사람들이 있다는 이야기를 듣고 생각에 빠졌다.

'내 신세 하나를 비참하게 여겨 탄식하는 것 말고 달리 다른 사람을 해하려 한 적이 없는데…. 하지만 시름에 잠겨 있는 동안 내 몸을 떠나 떠돌고 있는 혼은 그럴 수도 있겠구나' 하고 조금은 납득이 갔다.

요 몇 년 동안 온갖 시름을 다 맛보며 지내 왔지만 이토록 마음이 찢어지지는 않았는데, 대수롭잖은 일이 생겨 타인에게 업신여김을 당하고 형편없이 무시를 당했던 목욕재계 행사 이후, 그 일이 빌미가 되어 싱숭생숭했던 마음이 쉬이 가라앉지 않았다. 잠시 잠들었을 때 아오이인 듯한 사람이 무척 아름답게 살고 있는 곳으로 가서 아오이를 이리저리 끌고 다니는 꿈을 꾸었다. 제정신일 때와는 전혀 다른, 거칠고 무서운 집념으로 잡아 뜯고 난폭하게 구는 자신을 꿈으로 꾸는 일이 거듭되었다.

'아, 박복하기도 하여라. 진정 내 혼이 몸에서 나갔던 것일까' 하고 제정신이 아닌 듯 여겨지는 때도 있었다. 그렇지 않은 일과 다른 사람의 일에 대해서라면 좋은 쪽으로는 결코 말이 나오지 않는 세상이거늘, 하물며 이번 일은 참으로 마음대로 말을 내기 딱 좋은 구실이 되겠구나 싶었다. 정말로 소문이 나겠구나. 세상을 뜨고 난 뒤 외곬으로 한을 남기는 것은 세상에 늘 있는 일이지만 그런 일이 다른 사람에게 일어난 일이라고 하여도 죄 많고 불길하게 여겨지건만, 살아있는 내 몸인 채로 그런 꺼림칙한 일이 입방아에 오른다면 내 숙명이 얼마나 사나운가. 박정한 사람에게 어찌해서든 일절 마음 또한 주지 않겠다며 재차 생각해 봤지만 머릿속은 온통 그 생각뿐이다.

히카루 겐지와 무라사키, 초야를 치르다

어린 무라사키는 심성이 총명하고 매력이 넘쳐 별것 없는 놀이를 하는 중에도 멋진 소질을 드러내 보였다. 이성으로 생각지 않았던 동안에는 그저 귀엽다고만 느꼈지만, 더는 자신의 마음을 억누르기 어렵게 되었다. 전에도 둘은 같이 침소에 드는 일이 있었기 때문에 남의 눈에는 둘 사이가 어떤지 알기 어려웠다. 그런데 어느 날 겐지만 아침 일찍 일어나고 무라사키는 일어나지 않았다. 사람들은 "아가씨에게 무슨 일이 있는 걸까요. 기분이 평소와 다르신 걸까요".
이렇게 걱정들을 했다. 겐지는 처소로 건너가다가 벼룻집을 휘장에 넣어주고 나갔다. 무라사키가 사람이 없을 때 겨우 고개를 들었더니 매듭을 지은 서찰이 베개 머리맡에 있었다. 무심히 펼쳐 보니 붓 가는 대로 쓴 듯하다

그림 13. 〈겐지 모노가타리 에마키〉(후지와라 다카요시, 12세기) 중 일부

까닭도 없이

인연을 맺지 않고 지내왔구나

많은 밤을 익숙히 지내온 사이인데

あやなくも 隔てけるかな 夜を重ね さすがに馴れし 夜の衣を

제3장 중세의 여성작가와 작품

일본의 중세는 가마쿠라시대(鎌倉, 1185~1333), 무로마치시대(室町, 1336~1573), 아즈치·모모야마시대(安土桃山, 1573~1603)를 말한다.*
무사들이 가마쿠라에 막부를 여는 것으로 시작된 이 시대는 신흥 무사들이 행정 중심지 가마쿠라에서 정치를 하던 시기여서 교토의 귀족은 몰락의 길을 걷게 되었지만, 천황이 거주하는 교토 문화의 힘은 면면히 이어지고 있었다. 이에 교토와 지방과의 교류가 많아졌고, 교토문화가 지방으로 퍼지게 되었다.

이 시대 초기, 교토의 귀족과 천황가는 지난 시대를 그리워하며 왕조문화 최후의 꽃이라 불리는 와카 시집 『신고금와카집(新古今和歌集)』(1205)을 편찬했다. 또한 불교에 출가하여 사회를 등졌던 사이교(西行, 1118~1190), 가모노 조메이(鴨長明, 1125~1216), 요시다 겐코(吉田兼好, 1283~1350) 등의 은자(隱者)들은 와카와 수필, 기행문, 군키모노가타리(전쟁을 소재로 한 역사소설)와 같은 문학작품의 주요 작자가 되었다.

또한 14세기 중반부터 60여 년간 이어진 남북조 동란이라는 격동기에는 렌가(連歌), 노(能), 교겐(狂言) 등 새로운 문학이 탄생했으며 무사와 서민이 문학담당층으로서 활발하게 활약하기 시작했다. 가면극의 일종인 무사들이 즐긴 노와 서민의 웃음과 비판 정신을

---

* 가마쿠라시대와 무로마치시대 사이에 고다이고 천황(後醍醐, 1288~1339)이 1333년 가마쿠라 막부를 타도하고 천황 친정체제를 추진했던 겐무의 신정(建武新政) 기간이 있으며, 무로마치시대는 세부적으로 남북조시대(南北朝, 1336~1392), 전국시대(戰國, 1467~1573)로 나누어진다.

담은 교겐이 예술로 자리잡게 되었고, 와카 대신 대두한 렌가는 무사를 비롯한 귀족에서부터 승려, 서민에 이르기까지 폭넓게 사랑을 받았다. 중세 후반 렌가는 예술적인 완성과 동시에 복잡한 형식으로 점점 쇠퇴하고 자유롭고 익살스러운 해학을 추구한 하이카이렌가가 대두하여 근세의 하이카이로 발전하기에 이른다.

오다 노부나가(織田信長, 1534~1582)와 도요토미 히데요시(豊臣秀吉, 1536~1598)의 아즈치·모모야마시대를 끝으로 중세의 막이 내리는데, 중세시대에는 권력자와 권력 중심지가 계속 바뀌어 사회적으로 불안했다. 그래서 허무주의가 바탕에 깔리게 되었으며, 권력소외층이 발생하여 소그룹으로 소통하는 문화를 만들어감으로써 다양한 문화의 토대가 형성되었다.

한편 여성사적 측면에서 보면, 중고시대에 성행했던 데릴사위제(방처혼)는 거의 사라지고 여자가 남자의 집으로 들어가서 사는 제도가 자리를 잡기 시작했다. 따라서 여성의 재산권이 약해졌고 여유로운 창작생활을 할 기반이 없어졌다. 천황과 궁의 권력과 역할이 축소되면서 중고시대에 궁중에서 활약했던 뇨보들이 활약하는 모습도 보기 어려워졌다.

중세의 여성문학이 가마쿠라시대부터 남북조 초기까지 150여 년간의 작품으로 한정되어 있는 것은 궁중 뇨보로서의 활약 축소, 결혼제도의 확립 및 보수화로 인한 여성 재산권 약화, 어지러운 사회 분위기 등의 다양한 이유 때문이다. 따라서 14세기 중반 이후에는 더욱 더 여성들의 활동이 제한되었고 중고시대 때처럼 폭넓은 활동

은 줄어들었다. 하지만 남성의 전유물이라 여겨졌던 평론 분야에서
『무묘조시(無名草子)』(1196~1202 추정) 같은 작품이 등장하기도 하는
등의 성과도 있었다. 여성들은 어지러운 사회 속에서도 교양으로서
문학적인 소양을 갈고 닦았다. 그럼으로써 근세 평화의 시대가 왔을
때 여성문학이 그 명맥을 유지할 수 있었다.

중세 여성문학 1

: 일기문학 『도와즈가타리(とはずがたり)』

[파란만장한 삶의 주인공: 고후카쿠사인 니조]

근대 이전 일본의 대표적인 팜므파탈로 꼽히기도 하는 고후카쿠사인 니조(後深草院 二条, 1258~?)는 가마쿠라시대 중기의 여성으로 『도와즈가타리』의 저자로 알려져 있다. 아버지는 나카노인 다이나곤 고가 마사타다(源雅忠, 1228~1272)이며 어머니는 다이나곤 시조다카치카(四条隆親, 1202~1279)의 딸 다이나곤스케(大納言典侍)이다. 2살 때 어머니를 여의고 4살 때부터 고후카쿠사인(後深草院, 1243~1304)*

---

* 인(院)은 양위한 전임 천황, 즉 상황을 의미한다. 원정(院政)은 과거 일본의 독특한 통치 형식으로 천황이 황태자에게 양위한 뒤에, 상황(上皇)으로서 실질적 통치자로 군림했던 제도를 뜻한다. 상황이 '원(院)'이라 불리는 곳에 기거하면서 정사(政)

의 궁정에서 자란다. 고후카쿠사인은 89대 천황으로 동생인 가메야마 천황(龜山, 1249~1305)에게 양위하고 상황이 되었다. 니조는 14세 때 고후카쿠사인의 승은을 입게 되고 『도와즈가타리』도 이때의 일화로 시작된다. 니조는 어릴 때부터 고후카쿠사인의 총애를 받았으나 아버지가 세상을 떠난 후 자신이 낳은 황자가 요절하고 실질적인 후원자도 잃게 된다. 게다가 황후의 미움까지 사게 되어 궁에서의 입지가 좁아졌고 결국 궁에서 쫓겨났다. 그러다 수행에 뜻을 품고 31세 무렵에 출가하여 비구니가 되었다.

[묻지 않아도 스스로 말하리: 『도와즈가타리』]

『도와즈가타리』는 가마쿠라시대 중후기 고후카쿠사인 니조라고 하는 여성이 겪었던 일을 자전적인 형식으로 엮은 일기문학 및 기행문학이다. 제목인 '도와즈가타리'는 "누구도 묻지 않았지만 자신의 인생을 말한다"고 하는 의미이다.

작자는 고후카쿠사인을 모셨던 14세(1271)부터 49세(1306) 시절까지의 삶의 여정을, 고후카쿠사인에게 은혜를 입는 이야기를 시작으로 이후 아버지의 죽음과 자신이 낳은 황자의 요절, 애인 관계, 추방

를 보았다'는 데에서 명칭이 유래했다. 고후카쿠사인은 4세 때 재위하여 17세까지 실질적으로 정무를 보지 않고 아버지 고사가법황의 섭정을 받았다가 이른 나이에 양위를 했고 동생인 가메야마인에게 밀려 섭정을 하지 못했다.

그림 14. 〈후쿠로호시 에코토바(袋法師絵詞)〉(작자미상, 14세기 추정, 산토리미술관 소장)

에 가까운 형태로 궁을 떠나는 이야기, 이후의 방황 등의 순서로 서술하고 있다. 전반부 권1~권3은 『겐지 모노가타리』처럼 궁중행사, 연애 이야기가 펼쳐지고 후반부인 권4~권5는 출가하여 여자의 몸으로 세상을 구석구석 여행하며 와카를 짓고 기록한 기행문 형식을 하고 있어 중세시대를 살아간 한 여성의 인생과 배경을 흥미롭게 엿볼 수 있는 작품이다.

한편 이 일기는 궁내청의 황실 서고를 통해서만 전해져 오다가 1940년대 우연히 발견되어 세상에 알려졌다. 작자의 집필이 끝나고 얼마 지나지 않아 황실 장서로 지정되었지만, 일반인에게 알려지지 않고 궁정의 숨겨진 이면에 잊혀지면 안 될 기록으로 전해져 왔던 것이다

[사랑과 번민으로 가득 찬 인생: 『도와즈가타리』 읽기]

14세의 봄

하룻밤이 지나면 신년 정월 새 아침, 봄을 알리는 안개가 자욱했다. 그것을 기다렸다는 듯 제각기 치장을 한 궁녀들이 아름다움을 다투며 줄지어 있었기에 14세가 된 나도 다른 뇨보들처럼 단장을 하고 갔다. 의상은 진홍색이었던가. 일곱 겹저고리(七つ襲) 위에 다홍색의 우치기(袿)를 입고 거기에 연두색 겉옷, 붉은색 당의(唐衣)를 입었던 듯하다. 거기에 중국풍 울타리에 매화 당초무늬를 수놓아 짠 두 겹의 고소데(小袖)를 받쳐 입었던 것으로 기억하고 있다.

정월에 악귀를 쫓기 위해 상황께서 술을 드시는 의식을 하실 때 아버지 다이나곤께서 그것을 돕는 역할을 담당하셨다. 공식적인 의식이 끝난 뒤 상황께서 발(簾) 안으로 아버지 다이나곤을 부르시고 음식을 만드는 궁녀들도 불러 매우 성대한 주연이 베풀어졌다. 조금 전 바깥 행사에서도 삼헌배를 올렸기에 아버지는 "여기서도 삼삼구배로 잔을 올릴까요?"라고 여쭙자 "이번에는 구삼배로 하지"라고 분부하시어* 결국 신분고하를 막론하고 모두 거나하게 취했다. 그 후 상황께서 아버지에게 술잔을 내리시며 "올봄부터는 논바닥에

---

* 삼삼구배는 술상을 세 번 들게 하고 그때마다 대중소 3잔으로 1잔씩 권하여 모두 9잔을 마시게 하는 것을 말하고 구삼배는 술잔을 9잔씩 3번 권하는 것을 말한다.

내려오는 기러기를 나에게"*라고 말씀하신다. 아버지는 더욱 황송해 하며 술잔을 받잡고 물러날 적에 무언가 은밀히 말씀하시는 것 같았지만 나는 그것이 무슨 의미인지 전혀 알지 못했다.

첫사랑이 보낸 편지와 선물

배례가 끝난 뒤 처소로 돌아왔는데 "어제까지는 눈에 발자국 남기는 것을 삼가고 있었지만 오늘부터는 적극적으로 마음을 전하려 합니다. 앞으로도 계속."이라고 써진 편지가 있었다. 또 점점 엷어지는 다홍색의 여덟 겹옷에 짙은 주홍색 홑옷, 연두색 겉옷, 비단 저고리, 하카마(袴), 세 겹의 고소데와 두 겹의 고소데가 보자기에 싸여 함께 있었다. 생각지도 못했던 난처한 선물을 되돌려 보내려 하는데 소매 위쪽에 엷게 물들인 종이가 있었고 그 위에는 이런 시가 쓰여 있었다.

날개를 겹쳐
사랑은 못하지만 내가 보낸 옷
부디 입어주오 학 깃털로 짠 이 옷

---

* 『이세모노가타리(伊勢物語)』 10단에 딸에게 구혼하는 남자에게 어머니가 보낸 다음의 시를 인용한 것으로 여기에서는 당신의 딸을 나에게 달라는 의미이다. 〈미요시노의 논 위의 기러기도 그저 오로지 당신 계신 쪽으로 가고 싶어 웁니다 (みよし野の たのむの雁も ひたぶるに 君が方にぞ よると鳴くなる)〉

翼こそ 重ぬることの かなはずと 着てだになれよ 鶴の毛衣

__유키노 아케보노

모처럼 정성스레 보내주셨는데 돌려보내면 매정할까 싶었지만

부부가 아닌데
편히 입어도 될지요 부드러운 이 잠옷
소맷자락이 눈물로 헤져버릴 터인데
よそながら 馴れてはよしや 小夜衣 いとど袂の 朽ちもこそすれ

__고후카쿠사인 니조

'저를 생각하시는 마음이 먼 훗날에도 변치 않는다면 언젠가는 받을 수 있겠지요'라고 써서 옷을 되돌려 보냈다.

상황의 침소에 들었는데 한밤중에 처소의 뒷문 미닫이를 두드리는 사람이 있었다. 무심결에 일하는 여자아이에게 문을 열도록 했는데 "물건만 놓고 가버렸습니다. 심부름 온 사람의 모습이 보이지 않습니다"라고 말했고 조금 전에 되돌려 보내진 것들이 다시 돌아와 있었다.

굳은 맹세를
하고 또 했던 그 마음 변치 않았다면
한쪽에 이 옷 깔고 홀로 잠들기를

契りおきし 心の末の 変わらずは ひとり片しけ 夜半のさごろも

_유키노 아케보노

이 시가 함께 있었다. 다시 되돌려 보내고 싶어도 방법이 없어 그냥 그대로 두었다.

3일 고사가 법황(後嵯峨法皇)께서 행차하셨을 때 이 옷을 입었더니 아버지께서 "색도 옷감의 광택도 각별히 아름답구나 상황께 하사받았느냐?"라고 물으셨다. 가슴이 두근거렸지만 도키와이 준후(常磐井の准后)께 받았다고 태연한 척 대답했다.

고승 아리아케노쓰키가 사랑을 고백하다

3월이 되면 매년 고시라카와인의 법화팔강*이 열린다. 로쿠조전(六条殿)에 있던 조코당(長講堂)이 화재로 소실되었기 때문에 올해는 오기마치(正親町)의 조코당에서 열렸다. 법회 마지막 날인 13일에 상황께서 법회 참석차 자리를 비우신 사이 궁에 오신 분이 있었다. 그 분은 "상황께서 환궁하시는 것을 기다리겠습니다"라며 복도로 오셨다. 내가 가서 "곧 돌아오실 것입니다"라고 말하고 물러나려 하자 "잠시만 이곳에 계시지요"라고 하셨다.

달리 용건이 있는 것 같지는 않았지만 적당히 대답하고 도망칠

---

* 법화경 여덟 권을 아침저녁에 한 권씩 나흘 동안 독송하고 공양하는 법회를 말한다.

수 있는 사람은 아니라 그곳에 있었다. 그러자 갑자기 "돌아가신 다이나곤께서 항상 하시던 말씀을 잊지 않고 기억하고 있습니다."라며 아버지에 대한 옛이야기를 꺼내셨다. 그리운 마음에 차분하게 마주앉았더니 뜻밖에도 나에 대한 마음을 입 밖에 내며 "부처님도 잡념 가득한 마음으로 수행하고 있다고 생각하실 것 같아 마음이 좋지 않습니다"라고 하시는 것이었다. 생각지도 못한 말을 들어 어떻게 해서든 얼버무리고 자리를 피하려 했으나 내 소매를 붙잡고 "언제라도 좋으니 부디 만나주겠다고 약속이라도 해주십시오"라고 말하셨다. 도저히 거짓말로 보이지 않을 정도로 소매를 눈물로 적시셔서 곤혹스러워 하던 중 "환궁하십니다"라고 소란스러워지자 손을 뿌리치고 일어섰다. '너무나 뜻밖의 일입니다. 기묘한 꿈을 꾼 듯합니다'라고 해야 하는가라고 생각하고 있었다. 그런데 상황께서 이 분을 보시고는 "오랜만이니 사양 말고" 하며 술을 권하셨다. 술자리 시중을 들면서도 다른 누구도 내 마음을 모를 것이라 생각하니 기분이 묘해졌다.

태정대신 고노에노 오토노와의 정사(情事)

상황께서 주무시는 동안 나는 쓰쓰이궁에 잠깐 볼일이 있어 나왔다. 소나무 사이로 부는 바람소리도 가슴에 사무치고 누군가를 기다린다는 이름을 가진 청귀뚜라미*가 내 소매의 눈물에 소리를 보태는 듯 울고 있다. 늦게 뜬 달이 막 청명하게 떴을 무렵 왠지 서글픈 기분이 든다. 산속에 있는 궁이라서 그런지 사람들은 모두 잠들어 조용하기만 하다.

궁으로 돌아가려고 생각해 목욕 후의 가벼운 차림새로 막 지나가려고 하는데 쓰쓰이궁 앞의 발 사이로 내 소매를 잡아당기는 사람이 있었다. 요괴가 분명한 것 같아 큰 소리로 "아아, 무서워라"라고 소리를 질렀다.

"밤에 소리를 지르면 나무의 혼령이 나온다고 하니 정말이지 불길하군"이라고 말하는 그 목소리는 고노에노 오토노인 것 같았다. 무서워서 눈치채지 못한 척을 하면서 잡힌 소매를 뿌리치고 도망치려고 했지만 소맷자락이 죄다 뜯어지는데도 놓아주지 않는다. 주변에는 인기척도 없어서 발 속으로 끌려 들어갔는데 안에도 아무도 없다.

"뭐하시는 겁니까. 왜 이러세요."라고 말해보았지만 놓아주질 않는다.

"그대를 마음에 담아둔 지 오래 되었소"라고 말했다. 하지만 예부터 많이 들었던 말이기에 성가시게 됐다는 생각만 들었다. 이것저것 사랑의 언약을 하시지만 그것도 역시 귀에 들어오지 않는다. 그저 서둘러 상황이 계시는 곳으로 가고 싶다는 생각뿐이었다.

"밤이 길기 때문에 상황이 깨시면 저를 찾으십니다"라며 핑계삼아 나오려고 하자 "어떻게든 짬을 내서 다시 한번 이곳에 들르겠다

---

* 청귀뚜라미의 일본어는 마쓰무시(松虫)로 마쓰는 기다린다라고 하는 뜻을 가진 마쓰(待つ)와 음이 같다.

고 약속해주시오"라고 한다. 도망갈 방법이 없어 온갖 신사의 이름을 걸고 약속했지만 그 약속을 지키지 않았을 때를 생각하면 그것이 무서워 얼른 빠져나왔다.

상황께서 또 주연을 벌이시겠다고 하셔서 사람들이 모여들어 소란스러워졌다. 상황은 몹시 취하시어 "와카기쿠를 서둘러 돌려보낸 것이 아쉽구나. 그러니 내일도 머물며 한번 더 부르자"라고 분부하셨다. 알겠다는 대답을 듣자 만족하시어 술을 평소보다 더 많이 드신 후 잠자리에 드셨다. 나는 조금 전의 일이 꿈인지 생시인지 알 수 없어 잠시 눈도 붙이지 못하는 사이 날이 밝았다.

오늘은 상황이 주최하는 자리이기 때문에 스케다카(資高)가 준비를 맡아 술과 안주를 성대하게 마련했다. 어제 왔던 시라뵤시(白拍子)* 자매도 참석하여 떠들썩한 술자리이다. 상황이 주최하는 것이라 더욱 떠들썩하다. 언니에게는 침향 쟁반에 금 술잔을 놓고 제향(麝香鹿の臍)을 3개 넣어주고 동생에게는 금속 쟁반에 작은 유리 그릇 놓고 제향을 하나 넣어주었다.

새벽을 알리는 종이 칠 때까지 여흥을 즐기셨지만 다시 와카기쿠에게 춤을 추게 하셨다. 와카기쿠가 "소오화상의 깨어진 부동상(相応和尚の割れ不動)"이라는 이마요우타(今樣歌)**의 박자를 타고 "가키

---

 * 시라뵤시는 12세기 일본에서 활동한 여성 무용수이다. 남자로 분장해 춤을 췄으며 연회에서 고위 관료들을 대상으로 가무를 선보이고는 했다.
** 현대 풍, 요즘 유행하는 풍이라는 의미로, 헤이안시대 중기부터 가마쿠라시대에 걸쳐서 궁정에서 유행하던 가요를 가리키기도 한다.

노모토노 기노 승정(柿本の紀僧正), 이 세상에 허망한 집착이 남았는 가"라는 대목을 부르던 찰나에 힐끗 외숙부인 젠쇼지(善勝寺)께서 이쪽을 흘깃 쳐다봤다. 나도 짐작 가고 느껴지는 바가 있어 몹시 무서워서 꼼짝하지 않고 앉아 있었다. 술자리가 파할 쯤에는 사람들이 왁자지껄하게 떠들고 어지러운 춤판이 벌어졌다.

상황께서는 잠이 드셨고 허리를 두드려 드리고 있자 쓰쓰이궁에서 어젯밤 나를 붙잡았던 분이 여기까지 오셔서 "잠시 부탁드릴 일이 있소"라고 나를 부르지만 어찌 일어날 수 있겠는가. 미동도 하지 않고 있으니 "상황이 잠드신 동안만이라도"라며 여러 가지 이야기를 하신다.

그때 상황께서 "어서 가거라. 괜찮으니."라고 조용하게 말씀하시는 것이 오히려 죽을 만큼 슬프다. 오토노가 상황의 발치에 있던 내 손을 잡고 일으켜 세웠기 때문에 마지못해 일어서 "상황께서 부르실 때는 보내드릴 수 있도록"이라며 칸막이 저쪽에서 이런 저런 이야기를 한다. 상황께서 잠든 척하며 모두 듣고 계셨던 것은 비통한 일이었다.

나는 정신없이 울고 있었지만 술에 취해서 그랬는지 결국 날이 샐 때쯤 겨우 돌려보내졌다. 내가 저지른 잘못은 아니지만 서글픈 생각이 들어 상황 앞에 엎드려 있는데도 아무 일도 없었다는 듯한 밝은 표정을 지으셔서 정말 참을 수 없었다.

이 날 바로 환궁하실 예정이었는데도 오토노가 "시라뵤시 자매가 헤어지기 아쉽다는 뜻을 아뢰어 아직 머무르고 있습니다. 오늘 하루만 더 머물러 주십시오"라며 오토노 쪽에서 주연 준비를 하게 되었고 결국 하루 더 묵게 되었다. 오늘 밤은 또 어떻게 될지 슬프기만 하여 방이라고 할 수도 없는 곳에서 잠시 자고 있는데 오토노가 읊는 와카가 들렸다.

짧은 여름 밤
지난 밤의 우리 사랑 아직 안 식고
소매엔 당신 향기 마음에 남아 있네
短夜の 夢の面影 さめやらで 心に残る 袖の移り香

_고노에노 오토노

오토노는 "바로 곁에 잠들어 계신 상황께서 잠에서 깨신 것은 아닐까 오늘 아침이 되어서야 문득 두렵습니다"라고 했다. 나는 그 답가로 이렇게 보냈다.

꿈인지 생시인지
남몰래 홀로 울며 눈물 감추는
내 젖은 소매 보여주고 싶네
夢とだに なほ分きかねて 人知れず おさふる袖の 色を見せばや

_고후카쿠사인 니조

상황께서 여러 번 나를 찾으셨는데 내가 괴로워하고 있는 것을 아셨는지 일부러 밝게 대하셔서 오히려 괴롭기만 했다.

주연이 시작되고 오늘은 많이 어두워지기 전에 배를 타고 후시미전(伏見殿) 위쪽으로 가셨다. 밤이 깊어갈 때쯤에 상황께서 우카이(鵜飼)*를 불러들이셨고 우카이에 쓰는 배를 맨 뒤에 따르게 하여 물고기를 잡게 하셨다. 우카이는 3명 왔는데 그들에게 내가 겹쳐 입고 있던 겉옷 두 장을 하사하셨다.

환궁하신 후에 다시 술을 드시고 취하신 모습도 오늘 밤은 예사롭지 않았다.

날이 새고 상황이 주무시는 거처로 또다시 고노에노 오토노가 오셨다.

"타지에서 여러 밤을 자는 것은 지긋지긋하지요. 그렇지 않아도 후시미는 옛 시에서 〈사랑의 괴로움 달래려 후시미에 와보았지만 잠들어 꿈꾸지 않고 뜬 눈으로 지새네(恋しきを慰めかねて菅原や伏見に来ても寝られざりけり)〉라고 했듯이 쉬이 잠들기 어렵지요."라고 말하시며 "불을 밝혀 주십시오. 성가신 벌레들이 있을지도 모릅니다"라고 집요하게 말씀하시는 것도 괴로운데 상황께서 "어째서 가지 않는가"라고 말씀하기까지 하시니 정말로 슬픈 일이다.

오토노는 "나 같은 노친네의 망령을 용서해주시겠습니까. 어울리지 않는 나이 차이지만 이렇게 해서 후견인이 되어 드린 예는 옛날

---

* 가마우지를 길들여서, 여름밤에 햇불을 켜 놓고 은어 따위 물고기를 잡게 하는 일, 또 그것을 업으로 하는 사람을 말한다.

에도 많았지요"라고 상황의 배갯머리에서 나에게 말씀하시는데 할 말도 없고 괴롭다는 말로 부족할 정도다. 상황은 언제나 그랬듯이 기분 좋은 듯한 목소리로 "나 역시 혼자서 자는 것은 외로우니 멀지 않은 곳에 있거라"라고 말하셔서 어제 머물던 방에서 밤을 보냈다.

오늘 아침은 아직 날이 채 밝지 않아 어두운데도 환궁한다고 하셔서 소란스러웠기 때문에 일어나 그분과 헤어졌다. 혼이 빠진 껍데기 같은 모습으로 나는 환궁하는 상황의 수레에 동승했고 사이온지 다이나곤(西園寺実兼, 유키노 아케보노를 가리킴)도 함께 타셨다. 기요미즈(淸水) 다리 근처까지는 모든 수레가 함께 갔지만 교고쿠(京極) 대로부터 상황의 행렬은 북쪽으로 향하고 나머지는 서쪽으로 향했다. 어쩐지 섭섭한 마음이 들어 오토노가 탄 수레를 배웅했다. 도대체 언제부터 몸에 배인 습성인가 싶고 내 마음이지만 알 수 없다는 생각이 들었다.

궁에서 쫓겨나다

두 상황께서 돌아가신 이후에 잠깐 짬을 내어 궁을 나와 아이를 만났다. 아이는 생각보다 성장이 빨라서 옹알이를 하기도 하고 미소 짓고 웃기도 하는 모습을 보니 자꾸만 서글퍼지고 마음에 걸려서 오히려 괴로운 마음이 되어 궁으로 돌아왔다. 그런데 초가을이 되자 외조부로부터 "궁의 방을 깨끗하게 치우고 궁을 나가거라. 늦은 밤에 사람을 보내겠다"라는 편지가 왔다.

영문을 몰라 상황께 편지를 가지고 가서 "이런 편지가 왔습니다. 무슨 일인지요?"라고 여쭈었으나 아무런 대답도 없으시다. 어찌된 일인지 짐작도 할 수 없어서 겐키몬인(女輝門院)께서 아직 산미도노(三位殿)로 불리실 적의 일이던 듯 하다. 나는 산미도노께 물었다. "어찌된 일일까요? 이런 편지가 왔다고 상황을 찾아뵈었으나 대답도 해주시지 않으십니다"라고 여쭙자 산미도노께서도 알 수 없다고 하셨다.

그렇다고 궁을 나가지 않겠다고 할 수도 없기에 채비를 했다. 4살 되던 해의 9월, 처음 궁에 온 이래로 이따금 사가에 가 있으면 마음이 편치 않았었는데, 그런 궁을 보는 것도 오늘이 마지막인가 하니 하찮은 초목에 이르기까지 눈길이 가지 않는 곳이 없다. 눈물에 젖어 있자니 때마침 나를 원망하고 계신 유키노 아케보노의 목소리가 들려서 "방에 계셨는가"라고 물으니 서러움이 북받쳤다. 얼굴을 슬쩍 내비치니 눈물로 젖은 소맷자락을 확실히 보았으리라. "무슨 일이 있는가?"라고 물으시지만 대답하자니 한층 더 괴로워져서 말을 이을 수도 없었다. 옛 시에 〈잊었더라면 좋았을 것을 안부를 물어주시니 괴로움만 더하고 오히려 슬픕니다(忘れても あるべきものを なかなかに 聞ふにつらさを 思ひ出でつる)〉라는 것이 있는데 이 와카처럼 물어보시니 더욱 괴로워져서 아무 대답도 할 수 없었다. 그래서 오늘 아침 받은 편지를 꺼내어 "이런 편지가 와서 그저 서글퍼서…"라고만 겨우 말하고 유키노 아케보노를 내 방에 들어오시게 하여 눈물만 흘렸다. 유키노 아케보노도 "도대체 이게 무슨 일인가"라고만

하실 뿐 누구도 그 사정을 알지 못했다.

고참 뇨보들도 찾아와 위로하며 연유를 물었지만 당사자인 나로서도 짐작 가는 바가 없어서 그저 울고만 있는 사이 점점 날은 저물었다. 이렇게 된 것도 모두 상황의 의중이실 테니 지금 다시 그분께 찾아가 묻는 것이 두려웠다. 하지만 앞으로는 다시 찾아뵐 일도 없다는 생각에 마지막으로 모습이라도 한 번 더 뵙자는 생각으로 비틀거리며 상황께 갔다. 상황께서는 중신 두세 명과 두서없는 이야기를 하시고 계셨다.

나는 억새에 칡을 푸른 실로 수놓은 얇게 누빈 명주와 생사 비단 옷에 붉은빛 당의를 걸치고 있었다. 옛 시에 〈소문만 무성한 타쓰타 산의 푸른 칡처럼 오는 사람도 없는 보이지 않는 곳으로(なき名のみ たつたの山の 青葛 また来る人も 見えぬ所に)〉라는 시가 있는데 그 시 같은 기분이 들었다.

상황께서 힐끗 이쪽을 보시며 "오늘 밤은 어찌된 일이냐. 나가는 길인가?"라고 하셨다. 뭐라 드릴 말씀이 없어 잠자코 있자니 무슨 생각을 하신 것인지 "기회가 있으면 누군가에게 편지라도 전하려고 하는 것인가? 그 푸른색 칡 자수는 전혀 달갑지 않구나"라는 말만 남기시고 히가시니조인(東二条院)인지 다른 분인지 모르겠지만 누군가에게로 가버리셨다. 어찌 그분이 원망스럽지 않을 수 있겠는가.

아무리 화가 나도 우리가 멀어지는 일은 없을 것이라고 오랜 세월 동안 수 없이 약조하셨으면서 어찌 이제 와서 이렇게 대하시는지. 당장이라도 죽어버리고 싶다고 생각했지만 그도 부질없이 타고 돌아갈 수레가 이미 당도하여 있었다. 이곳을 벗어나 어디로든 모습을 감춰버리고 싶었으나 이 일의 경위가 궁금하여 외조부의 집으로 갔다.

외조부께서는 나를 보시고 "나는 늙어서 앞으로 얼마나 남았는지 알 수 없고, 최근에는 병에 자주 걸리니 앞날을 예상할 수가 없구나. 이제 네 아버지도 세상을 떠나고 없으니 앞으로가 걱정이 된다. 의지하고 있었던 후견인 젠쇼지 다이나곤마저도 세상을 떠나버려서 그렇지 않아도 걱정이 될 따름이었는데 히가시니조인께서 이런 말씀까지 하시니 계속해서 궁에 머물게 할 수도 없는 노릇이다."라며 히가시니조인께서 보낸 편지를 보여주셨다. 거기에는 "니조는 상황을 모시면서도 감히 나를 업신여기고 있습니다. 괘씸하기 그지없으니 조용히 그쪽에서 데려가세요. 니조에게는 모친이 없으니 당신에게 말하는 것이 나을 것 같았습니다"라고 히가시니조인이 쓴 편지였다.

과연 이러한 상황이니 '더 모시는 것은 어려웠겠구나' 하는 생각이 들었다. 다 듣고 나니 오히려 궁을 나온 것을 납득할 수 있었다. 옛 시에 〈어느 집 부인인가 먼 곳의 남편을 사랑하고 그리워하며 가을에 다듬이질을 하는 사람은 달빛 밝게 비추고 바람 격렬히 불고 다듬이질 소리만 슬피 울려 퍼지네 가을밤은 오래도록 계속되니 천번뿐이겠는가 만번도 그 소리 그치지 않네(誰が家の 思婦ぞ秋に 帛を擣つ 月苦え風 凄じく 砧杵悲し 八月九月正に 長き夜 千聲萬聲了む時無し)〉라고 하는 시가 있다. 마치 이 시처럼 가을 기나긴 밤중에 자다 눈을 뜨면 내 잠자리에는 천번이고 만번이고 계속되는 다듬이질 소리만

들려서 쓸쓸함만 깊어졌다. 또 옛 시에는 이런 것도 있다. 〈하늘을 울며 건너가는 기러기의 눈물 떨어진 것일까 내 집 정원 싸리잎 위 하얀 이슬(鳴きわたる 雁の涙や 落ちつらむ もの思ふ宿の 萩の上の露)〉 마치 이 시와 같은 나날이 계속되었다.

그러는 사이에 연말이 되었다. 해를 보내고 맞이할 채비를 할 생각도 들지 않아서 오래전부터 하고자 했지만 일이 많아 하지 못했던, 기온의 야사카 신사(八坂神社)에서 천일기도를 드리는 숙원을 이루고자 마음을 먹었다.

우선 11월 2일 첫 번째 묘일, 가구라(御神楽)가 행해지는 시미즈 하치만궁(清水八幡宮)으로 갔다. 문득 〈비쭈기나무에 시를 적어 묶는 것 한심하지만 하치만 님께 기도를 빠트린 적은 없네(榊葉にそのいふ 甲斐はなけれども神に心をかけぬ間ぞなき)〉라는 시를 읊었다는 사람의 이야기도 생각이 났다.

항상 신에게
간절히 기원했던 보람도 없는
처량한 내 신세를 한탄만 하는구나
いつもただ 神に頼みを ゆふだすき かくるかひなき 身をぞ恨むる

___고후카쿠사인 니조

7일간의 기도를 끝마치고 그 길로 기온으로 갔다.

고후쿠사인과 재회

한편 생각지도 않게 오토코산(男山)에서 상황과 재회한 일은 다음 세상에서도 잊을 수 없을 것이라고 생각하고 있었다. 그 후로도 상황께서는 나와 연고가 있는 사람을 시켜서 종종 내가 옛날에 살던 집에 소식을 주셨다. 황송한 배려가 기뻤지만 만나 뵙고자 하는 결심도 들지 않아 그저 허망하게 세월이 흘러 다음해 9월 무렵이 되었다.

상황께서 후시미궁으로 납셨을 때에 주변도 한적하고 다른 사람에게 알려질 걱정도 없어 좋은 기회라고 누차 말씀하셨다. 상황을 연모했던 나의 나약한 마음 때문일까, 말씀에 따르는 것이 좋겠다고 생각해서 남몰래 후시미궁 근처로 갔다. 나와 인연이 있었던 사람이 나와서 안내해준 것도 특별한 기분이 들었다.

상황이 오시기를 기다리는 사이에 구타이당(九体堂)의 난간에 나와 멀리 내다봤더니 '세상은 괴롭다'라고 말하는 우지강(宇治川)의 물결이 내 소매에 물결치는 눈물 같다는 생각이 들었다. 〈달 밝게 비친 아카시 포구 갯바람에 넘실대는 파도만이 밤인 줄 알게 하네(有明の 月も明石の 浦風に 波ばかりこそ よると見えしか)〉라고 읊었다는 옛 시를 떠올리고 있었는데 초저녁이 지날 무렵 상황께서 행차하셨다.

구석구석 두루 비치는 달빛 속에서 옛날 뵈었던 때와는 다른 출가하신 모습은 옛 시에 〈나니와 포구 희미할 리 없는 파도 희미해보이네 떠 있는데도 흐린 것은 흐린 달밤의 아련한 달(難波潟 かすまぬ波も

かすみけり うつるも曇る 朧月夜〉이라고 했던 것처럼 눈물 때문에 흐려져 뚜렷이 보이지 않는다.

어렸을 때 자나 깨나 상황의 무릎에서 지냈던 나의 옛일부터 이것이 마지막이라 생각하여 출가를 결심했던 때의 일까지 여러 이야기를 하셨다. 모두 나의 옛일이지만 감개무량하지 않을 수 없었다.

상황께서는 "이 괴로운 세상을 살아가자면 아무리 출가하였다 해도 괴로운 일이 많았을 테지. 어찌 나에게 말하지 않고 지냈는가"라고 말씀하셨다. 고달프게 살고 있다는 원망 이외에 다른 무슨 생각을 할 수 있나 싶었다. 그 한탄과 마음을 말로 나타낼 수 없기에 그저 묵묵히 말씀을 듣고만 있었다. 그러자 오토와산(音羽山)의 사슴 소리가 눈물을 자아내듯이 들리고 소쿠조주인(即成就院)의 새벽을 알리는 종소리 들려, 밝아오기 시작한 새벽 하늘을 알리는 듯 했다.

사슴 울음과
함께 울리는 종소리 내 눈물의
까닭을 묻는지 새벽 하늘 울리네
鹿の音に またうち添へて 鐘の音の 涙言問ふ 暁の空

_고후카쿠사인 니조

이렇듯 마음속으로 읊조릴 뿐이었다.

발문

　고후카쿠사인께서 세상을 떠나신 후로는 쓰고 싶은 것도 전부 없어진 듯 생각이 되었다. 그런데 작년 3월 8일 가키노모토노 히토마로의 초상(御影供)을 부처님께 올렸는데 신기하게도 올해 같은 달 같은 날에 유기몬인(遊義門院)께서 이와시미즈(石淸水)로 행차하셔서 보게 되었다. 또 나치(那智)에서 아버지와 상황님과 유기몬인 님의 모습을 꿈에서 뵈었던 것이 꼭 현실처럼 느껴진다. 그런데 구가 가문(久我家)을 와카의 가문으로서 다시 부흥시킨다고 하는 숙원의 결과는 어떻게 되어 가는지 걱정이 되지만 오랜 시간 간직해 온 믿음은 헛되지 않을 것이라고 생각한다. 나의 생애를 혼자만의 생각으로 담아두기에는 너무나 아쉬웠고 게다가 사이교법사가 수행하셨던 모습이 부러웠기 때문에, 그러한 생각들을 헛되지 않게 하고 싶어서 변변치 못한 나의 이야기를 써내려갔다. 후세에 남길 만할 유품이라고는 생각하지는 않는다.

　원본 책에 '여기서부터는 또 칼로 잘려 있다. 어찌 된 일인지 염려스럽다.'라고 되어 있다.

중세 여성문학 2

: 여행기와 일기문학 『이자요이 일기(十六夜日記)』

[가마쿠라시대 강인한 여성의 전형: 아부쓰니]

아부쓰니(阿仏尼, 1222?~1283)는 가마쿠라시대 중기의 여성시인
으로 하급귀족 집안에서 태어나 다이라노 노리시게(平度繁, 미상)의
양녀가 된 것으로 알려져 있다. 14~15세 무렵부터 공주인 안카몬인
(安嘉門院, 1209~1283)을 모셨고 30세가 지나서야 당대 최고의 귀족
가문이었던 후지와라노 다메이에(藤原為家, 1198~1275)*의 후처가

---

* 후지와라노 다메이에(藤原為家, 1198~1275)는 후지와라노 사다이에(藤原定家, 1162
~1241)의 아들이다. 다메이에의 아버지 사다이에(定家)는 음독으로 데이카라고도
부르는데, 헤이안시대 후기에서 가마쿠라시대 전기에 활동한 가인으로 중세 최고
의 가인으로 평가받는다. 『신고금와카집(新古今和歌集)』, 『신칙찬와카집(新勅撰
和歌集)』, 『오구라 백인일수(小倉百人一首)』 등을 편찬했다. 사다이에 개인뿐만

되었다. 다메이에가 세상을 떠나자 자신이 낳은 아들들에게 가문에 이어져 오는 와카의 전통을 계승시키기 위해 당시 행정 수도였던 가마쿠라까지 소송을 하기 위해 떠났다. 결국 교토로 돌아오지 못하고 그곳에서 세상을 떠났다. 『속고금와카집(続古今和歌集)』(1265)을 비롯한 칙찬집에 48수의 와카와 여행기 『이자요이 일기』 등을 남겼다.

젊은 시절 아부쓰니는 궁중에서 근무하는 동안 몇몇 남성과 연애를

그림 15. 〈아부쓰니의 초상(阿仏尼像)〉(작자 미상, 가마쿠라~남북조시대 사이 추정, 개인 소장)

하다가 정실부인이 있는 어느 젊은 귀족과 사랑을 나누었으나 결국 파탄으로 끝난다. 그는 실연의 상처로 투신자살을 결심하던 방랑의 시간을 『선잠(うたたね)』에 생생하게 기록했다. 또한 결혼 후에는 『겐지 모노가타리』를 강의할 정도로 학문에 정진했다.

아부쓰니는 고령의 남편에게 하리마 지방(播磨國, 지금의 효고현)에 소재한 호소카와 장원(細川莊)을 자신의 아들 다메스케(為相) 명의로 돌려놓도록 하는 유언장을 받아냈다. 1275년 다메이에가 죽은 뒤 자신의 두 아들 다메스케와 다메모리(為守)를 상속자로 내세

아니라 가문도 가도(歌道)로 이름이 높았다.

운다. 귀족들에게 장원이란 경제적 사활이 달린 문제였기 때문에 다메이에 전처의 자식으로 니조 가의 장남인 니조 다메우지(二条為氏, 1222~1286)가 상속 권리를 포기하지 않자 아들들을 위해 몸소 가마쿠라로 갔다. 이때 아부쓰니의 나이는 53~57세로 추정된다. 1279년 10월 16일 교토에서 출발해 29일 가마쿠라에 도착한 아부쓰니는 열 곳의 신사와 절에 각각 100수의 와카를 봉납하며 승소를 기원하였다. 소송 기간은 길어져 약 4년간 가마쿠라에 체재했으며 소송에는 이겼으나 그 결과를 보지 못하고 1283년 4월 6일 세상을 떠났다.

한편 다메이에의 세 아들은 나중에 각각 니조(二条), 교고쿠(京極), 레이제이(冷泉) 세 집안으로 나뉘어서 이어지게 되었고 그 중 아부쓰니가 낳은 아들 다메스케를 시조로 하는 레이제이 가문만이 현재까

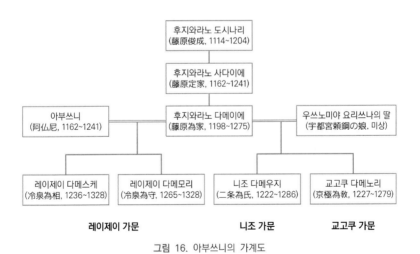

그림 16. 아부쓰니의 가계도

지 남아 있다. 레이제이 가문은 중고시대와 가마쿠라시대 최고 명문 가로서 당시 소장하고 있던 귀중한 문헌들을 그대로 전수받아 보존하고 있다. 아부쓰니가 가문의 전통을 자식에게 계승하고자 떠났던 험난한 여정의 결과가 가문의 귀중한 자료로 남는 결실로 이어진 것이다.

[죽음을 불사한 노년의 여행기: 『이자요이 일기』]

『이자요이 일기』는 아부쓰니가 1279년 10월 교토를 떠나 가마쿠라로 가는 도중의 기록인 「노정일기(路次の記)」와 가마쿠라 체재기 「아즈마 일기(東日記)」, 막부의 선정을 기원하는 조카(長歌) 3부로 구성되어 있다. 아부쓰니는 이 여행기에서 상속 분쟁의 해결을 위해 교토에서 가마쿠라까지의 여정을 기록하고 있어 이전 여성작가의 일기문학과는 그 목적과 성격이 다르다. 그는 죽은 남편과 자식들을 위하고 나아가 와카 명문가로서의 전통을 지켜내는 것이 곧 자신의 소임이라고 생각하고 적극적으로 행동에 옮겼다.

일기의 서문에서는 팽팽한 긴장감으로 가득한 문장을 통해, 동쪽 지방으로 떠나는 여행 목적이 가마쿠라 막부에 소송을 제기하기 위한 것임을 분명히 밝히고 있다. 또한 자식들에게 와카 작법을 가르치기 위하여 우타마쿠라와 와카 증답의 모범을 제시하며 와카 교육을 시도하고 있으며, 「아즈마 일기」에서는 교토의 아들과 가족들과 나눈 편지, 가마쿠라에서의 친지들과의 교제 등이 기술되어 있고 때로는 병석에 누웠던 경험도 기록하고 있다.

소송을 위해 먼 동쪽 지방까지 여성의 몸으로 몸소 여행을 떠나는 작자의 모습은 그야말로 스스로 운명을 개척해 가던 강한 가마쿠라 여성의 전형을 보여준다. 『이자요이 일기』는 여성이 소송이라는 현실적 목적을 가지고 감행한 여행을 기록했다는 점이 『가게로 일기』나 『무라사키 시키부 일기』 등의 일기문학들과 차별된 독자적인 부분이다. 그러나 자식에 대한 모성애와 그런 자신의 마음을 자식들이 알아주길 바라며 솔직한 마음을 서술한 점은 중고시대 여성 일기 문학의 전통과 감성을 이어받았다고 할 수 있다.

[소송을 위해 떠난 여행길에서의 와카 교육
: 『이자요이 일기』 읽기]

서장

그 옛날 벽 속에서 찾아냈다는 책의 이름, 즉 효경(孝經)에서 이르는 '효'를 요새 아이들은 자신의 일이라고는 꿈에도 생각지 못하는구나. 세상을 떠난 남편이 몇 번이고 적어 남겨놓은 유언장은 남편이 써놓은 것이 명백하건만 부모의 훈계란 부질없기만 하다. 게다가 천황께서 내리시는 어진 다스림의 혜택도 받지 못해 원하던 판결이 나오지 않았고 충신의 사려 깊은 마음으로부터도 버림받았다. 이런 처지에 있는 사람이라고는 하잘것없는 나 하나뿐임을 잘 알고 있다. 하지만 자식을 걱정하는 마음이 깊어 근심이 가시질 않는다.

와카에 대한 각오와 여행의 결의

그뿐 아니라 와카의 길을 진실성이 부족하고 인위적이며 하잘 것 없는 한낱 기분전환거리에 지나지 않는다고 생각하는 사람도 있으리라. 하지만 결코 그렇지 않다. 와카는 옛날 옛적 아마노이와 토(天岩戸)*가 열렸을 때부터 곳곳에서 모여든 수많은 신들이 읊은 가구라 가사에서 비롯되었다. 일찍이 와카의 선구자들께서는 와카 가 세상을 다스리고 만물을 조화롭게 하며 사람의 마음을 온화하게 하는 매개체라고 말씀하셨다.

또한 칙찬집에 참여하는 영예를 얻은 사람의 선례가 많다고는 하나 2번이나 칙명을 받들어 2대에 걸쳐 천황의 칙찬집의 칙찬에 참여한 가문은 역시 그 예가 드물다. 그런데 어떤 운명에서인지 나 는 그런 명문가를 잇는 자로서 세 아들 조카쿠(定覚), 다메스케, 다메 모리와 함께 와카에 관련된 방대한 고서적을 맡아왔다. 남편은 세

---

* 신들의 나라인 다카마노하라에 있다고 전해지는 바위동굴의 문, 태양의 신 아마테 라스가 동생 스사노오의 난폭한 행동에 분노하여 바위동굴 안에 틀어박히자 천지 가 황폐해졌는데 이때 아마노우즈메라는 여신이 춤을 추고 노래를 불러 아마테라 스를 달래어 밖으로 나오게 했다는 신화가 전해진다.

상을 떠나기 전 내게 가문의 가업인 와카를 부흥시키는 한편 아이를 잘 양육시키고 자신의 후세를 추모하라는 말을 남겼다. 하지만 이 모든 일을 위해 굳은 약조와 함께 유산으로 약조받은 호소카와(細河)의 장원을 무고히 빼앗겼다. 그 때문에 죽은 남편을 추모하기 위해 피운 등불처럼 우리 모자의 생계마저 언제 꺼질지 모르는 세월을 보내고 있다. 앞으로의 일이 참으로

그림 17. 아부쓰니의 묘(가마쿠라시 오기가야쓰)

불안하고 마음이 놓이질 않는데 어찌하여 죽지도 않고 지금까지 이렇게 목숨을 부지하고 있는 것일까.

열엿새 밤의 출발

내 목숨 하나야 아깝지도 않을뿐더러 어찌 되어도 좋다며 체념하려 해 보았지만 자식을 사랑하는 부모마음이 그렇지가 않다. 또한 훗날 돌이켜 보았을 때 와카의 길이 쇠퇴하는 모습을 보게 될지도 모른다 생각하면 안타까움을 금할 길이 없다. 그래서 혹시 다시한 번 가마쿠라 막부에 정당한 재판을 청한다면 바른 판결이 내려

지지 않을까 하는 간절한 마음에 결국 내 한 몸 따위는 아무래도 좋다고 굳게 결심하였고 준비도 제대로 못한 채 급히 음력 열엿새 밤의 달에 이끌리어 가마쿠라로 향하는 여행길을 떠나고자 마음을 먹었다.

길을 떠날 결심은 했으나 오노노 고마치(小野小町, 미상)처럼 훈야노 야스히데(文屋康秀, ?~885?)가 같이 가자 청한 것도 아니고 아리와라노 나리히라(在原業平, 825~880)처럼 살 곳을 찾아 나서는 것도 아니다.

때는 바야흐로 겨울로 접어드는 10월이기에 겨울비가 변덕스레 내렸다 그쳤다를 계속하니, 거친 바람에 흔들리는 나뭇잎마저 내 눈물이기라도 한 듯 우수수 떨어진다. 앞으로의 일이 너무나도 불안하고 신세가 서글프지만 다른 누구도 아닌 스스로 정한 일인지라 고달프다 그만둘 수도 없기에 마음을 추스르며 길을 떠날 준비에 열을 올렸다.

매일같이 돌보았는데도 점점 황폐해져 가던 정원과 울타리인데 하물며 내가 집을 비우면 어떻게 변할는지 걱정이 되었고 작별을 슬퍼하는 이들의 눈물을 달래기도 쉬운 일이 아니었다. 특히 아들 다메스케와 다메모리의 풀죽은 모습이 너무나 안쓰러웠다. 둘을 겨우 달래고 침실 안을 바라보니 죽은 남편의 베개가 생전과 조금도 다름없는 모습으로 놓여 있었다. 그 모습을 보니 새삼 서글퍼져 베갯맡에 와카를 한편 지어두었다.

남편 유품인

낡은 배게 위 먼지 내가 떠나면

어느 누가 털어주고 관리를 해주리오

とどめおく古き枕の塵をだに我が立ち去らば誰か払はむ

_아부쓰니

집안 대대로 써서 남겨두었던 와카 책 중에서도 말미에 책의 이력
과 전래가 정확히 적혀 있는 믿을 만한 것들만을 골라 다메스케에게
보내면서 이 와카를 덧붙였다.

와카 가문의

귀중한 서적이니 죽은 아버지의

유품으로 여기어 소중히 대해주기를

和歌の浦にかきとどめたるもしほ草これを昔のかたみとは見よ

_아부쓰니

부디 나쁜 길로

빠지지는 말아다오 사랑하는 아들아

선조의 업적을 기리는 마음 너에게 있다면

あなかしこよこなみかくな濱千鳥一かたならぬ跡を思はゞ

_아부쓰니

이를 본 다메스케의 답가가 곧 도착했다.

장래도 책도

헛되이 하지 않으리 가문의 가보

어머니와 선조께서 제게 남겨주셨으니

終によもあだにはならじ藻鹽草かたみをみよの跡に殘せば

_다메스케

우매한 제게

어머니의 가르침이 없었더라면

눈부신 선조의 공적 좋지도 못했으리

まよはまし教ざりせば濱千鳥一かたならぬ跡をそれとも

_다메스케

이 답가가 무척이나 어른스럽고 의젓하여 안심이 되는 한편 애틋하게 느껴져 죽은 남편에게 이를 보여주고 싶은 마음에 다시금 눈물이 났다.

이제껏 한시도 곁에서 떨어지지 않고 지내왔건만 갑작스레 찾아온 생이별을 슬퍼하며 다메모리가 휘갈겨 써둔 습작에는 이렇게 적혀 있었다.

먼 길 떠나시는

어머님의 모습을 그리워하며
머나먼 하늘을 바라보고 있습니다
はるばるとゆくさき遠く慕はれていかにそなたの空をながめむ

__다메모리

이 시를 보니 더욱 더 안쓰러운 마음이 들어 그 시 옆에 바로
덧붙여 적어 마음을 달래주었다.

풀죽은 얼굴로
하늘 그만 보려무나 그리 그리워하니
아무리 멀다한들 서둘러 돌아오리
つくづくと 空なながめそ 戀しくば みちとほくとも はやかへりこむ

__아부쓰니

세키노후지강

18일 미노(美濃) 지역의 세키노후지강(関の藤川)을 건너는데 이 와
카가 떠올랐다.

자식들 앞날
님 받들기 위한 마음 아니면
내 어찌 건너리오 관문의 후지강

わが子ども 君につかへむ ためならで わたらましやは 關のふぢ川

＿아부쓰니

후와 관문의 나무판자로 된 차양은 예와 같이 황폐한 모습 그대로
였다.

후와 관문은
늦가을 소나기도 보름달 달빛도
헤진 차양 틈새로 새어들겠구나
ひまおほき不破の關屋はこのほどの時雨も月もいかにもるらむ

＿아부쓰니

후와 관문을 지날 때부터 퍼붓던 비가 늦가을 소나기답지 않게
온종일 내리는 바람에 길이 질퍽해져 할 수 없이 가사누이(笠縫)에
숙소를 잡았다.

나그네를 적시는
도롱이조차 쓸모없는 해질녘 비
가사누이 마을에 머물다 가네
たび人はみのうちはらふゆふぐれの雨にやどかるかさぬひの里

＿아부쓰니

19일 또다시 길을 떠나 여행을 계속했다. 밤새 내린 비 탓에 히라노(平野) 부근은 길이 더욱 나빠져 통행이 어려웠는데 마치 물이 가득 찬 논 위를 걷는 듯했다. 날이 개이고 비가 그쳤다. 점심때쯤 지나는 길에 신사가 눈에 들어왔다. 어떤 사람에게 물으니 인연을 맺어주는 신이라 한다.

그대가 만약
인연의 신이라면 굽어 살피소서
맺힌 한 풀어 불행한 결과 없도록
まもれたゞちぎりむすぶの神ならばとけぬうらみに我まよはさで

_아부쓰니

열엿새 밤의 서신

가마쿠라에서 살 곳은 쓰키카게가야쓰(月影ヶ谷)라는 곳이라 한다. 바닷가 가까운 산기슭으로 바람이 꽤 거칠었다. 산사의 옆이었기에 한적하고 너무 조용해서 파도 소리나 솔바람 소리만이 끊임없이 들려온다.

교토에서 언제 소식이 오려나 하고 몹시 고대하고 있던 차에 우쓰산에서 우연히 만난 스님 편에 부탁해서 편지를 드렸던 분에게서 믿을 만한 인편을 통해서 답장을 보내왔다.

나그네 옷은

교토 그리워서 우쓰산 늦가을비

내리지 않는다 해도 눈물로 젖었겠지요

旅衣 涙を添へて 宇津の山 しぐれぬひまも さぞしぐれけむ

＿쿄토로부터 온 편지

뜻하지 않게

먼 길 떠난 열엿새 밤 달이야말로

당신 곁에 함께하는 교토의 징표

ゆくりなくあくがれ出でし十六夜の 月やおくれぬ形見なるべき

＿교토로부터 온 편지

교토를 떠나온 것은 10월 16일이었기에 열엿새 밤의 달을 잊지 않고 계셨던 것인가, 정말로 품위가 있고 감개무량한 기분이 들어 답가만을 드렸다.

다시 만날 날

기약할 뿐이네 정처도 없이

하늘에 뜬 열엿새 밤의 달

めぐりあふ 末をぞたのむ ゆくりなく 空にうかれし いざよひの月

＿아부쓰니

아득한 저편의 흰구름

여름에는 의아할 정도로 교토의 소식이 끊어져 걱정이 이만저만이 아니었다. 교토에서는 시가(志賀) 근방이 시끄러워 히에산(比叡山)과 미이데라절(三井寺) 분쟁*이 있었다는 소문이 들려 더욱 걱정이 된다. 얼마 후 8월 2일이 되자 학수고대하던 심부름꾼이 와서 그동안 쌓였던 편지를 한꺼번에 읽을 수 있었다. 아들인 다메스케가 50수 와카를 읊었다며 완전히 다듬지 않은 와카를 보내왔지만 그래도 그럭저럭 능숙

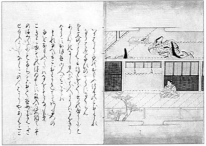

그림 18. 『이자요이 일기사본』(에도시대 초기 추정, 국문학연구자료관 소장)

해졌다. 그 중 괜찮은 18수에 표시를 해두었는데 이도 자식을 사랑하는 부모의 욕심일 것이다.

---

* 엔랴쿠지(延曆寺)와 온조지(園城寺)의 싸움. 미이데라는 온조지의 별칭이다. 이 두 절은 여러 번 항쟁을 일으켰고 이해 6월 24일 엔랴쿠지의 승려들이 온조지를 공격해서 불을 지르는 등의 사건이 있었다.

마음으로는
고향 떠나지 않았다 생각해봐도
몸은 마치 구름처럼 멀어지고 말았네
心のみ 隔てずとても 旅衣 山路重なる 遠の白雲

_다메스케

특히 이 와카를 보자 타지에 있는 어미를 그리워하며 읊었겠구나
싶어 옆에 작은 글자로 답가를 적었다.

그리는 마음에
밤낮으로 다녀오네 머나먼 교토
저 하늘에 떠있는 흰구름처럼
恋ひしのぶ心やたぐふ朝夕に行きては帰る遠の白雲

_아부쓰니

마지막 기록

또한 곤추나곤님께서 세심하게 편지를 보내주셨다.
'당신께서 여행을 떠난 이후 와카를 주고받을 벗도 없고 가을이
되니 한층 더 그리워집니다. 홀로 달을 바라보며 가을밤을 지새우고
있습니다.' 하는 내용과 함께 이런 와카를 보내주셨다.

저 아즈마(東)의 하늘

그리운 당신이 남기고 간 선물

숨죽인 내 눈물에 흐려지는 달그림자

あづまぢの空なつかしきかたみだに忍ぶなみだにくもる月かげ

_곤추나곤

이 편지에 대한 답장으로 저 역시 고향이 그립다고 적었다.

마음은 통하네

서로 다른 달을 본다고 해도

그리워하는 마음 그 마음이 같으니

かよふらしみやこの外の月見ても空なつかしきおなじながめは

_아부쓰니

교토에서 오는 와카는 이후에도 계속 쌓여갔다. 또 계속해서 기록
해 갈 생각이다.

제4장 근세의 여성작가와 작품

일본의 근세시대는 도쿠가와 이에야스(德川家康, 1542~1616)가 에도(江戸, 지금의 도쿄)에 막부를 설립한 1603년부터 1867년 정권을 천황에게 넘긴 때까지이다. 에도시대라고 불리기도 하는 이 시대는 오랜 전란 끝에 맞이한 평화의 시대였지만 도쿠가와 막부는 1613년에 기독교 금지령, 1639년에는 쇄국령을 내렸다. 이후 200여 년간 외국과의 교류는 네덜란드와 중국(나가사키의 데지마 한정) 그리고 조선통신사의 방문이 전부였던 만큼 폐쇄적인 면을 가지고 있지만 일본적 문화가 숙성되는 시기이기도 했다.

나라가 평화로워지자 사회 제도들이 가다듬어졌다. 유교 도덕이 강조되면서 엄격한 사회질서가 만들어지고 신분제도와 가족제도는 개인의 가치와 존엄성을 억압하게 되었다. 또한 사농공상의 신분제도가 정비되고 화폐제도가 진전되었다. 신분제도의 정비는 신분 이동을 불가능하게 했지만, 한편으로는 도시의 발달과 화폐제도의 진

그림 19. 〈도쿄 신요시와라 활짝 핀 사쿠라(東都新吉原全盛桜図)〉(우타가와 사다히데, 1831~1845 추정, 아사이컬렉션 소장)

전에 따라서 도시 상인인 조닌(町人) 계급이 부를 축적할 수 있게 되었다.

시대가 바뀌면서 할 일이 없어진 하급무사들과 부를 축적한 조닌들이 근세의 중요한 문화 창작 계층이 되었다. 조닌들은 사농공상의 엄격한 신분제도 속에서 출세를 바랄 수는 없었지만, 경제적으로 부를 축적할 수 있었다. 따라서 그들은 자신들이 사는 이 세상을 '뜬 세상(浮世)'이라고 생각하고 즐거운 삶을 추구하며 현실적 쾌락 지향형의 문학과 문화를 만들어냈다. 그런 이유로 근세에 가장 인기 있는 소재는 바로 성적 쾌락과 돈 버는 일이었다. 이 두 가지는 연극, 소설 등 다양한 분야에서 소재로 쓰였고 근세라는 공간을 향락주의로 넘치는 '뜬세상'으로 만들었다.

문학은 가미가타(上方, 교토와 오사카) 지방을 중심으로 한 전기(1603~1736)와 에도를 중심으로 한 후기로 나눌 수 있다. 태평성대라고 일컬어진 겐로쿠시대(元禄, 1688~1703)에 하이카이(俳諧), 조루리(浄瑠璃), 우키요조시(浮世草子) 등이 성행하여 본격적인 서민문학이 형성되었고, 분카·분세이(文化·1文政, 804~1834) 연간에는 에도에서 다양한 산문문학이 발달함과 동시에 관능적이고 퇴폐적인 색채가 강한 작품들이 등장했다. 따라서 일본 근세시대 문화의 특징은 철저하게 세속적이었다는 점, 그리고 조닌 문화의 감각적 쾌락주의와 무사 문화의 금욕적 윤리가 같은 틀 안에서 가치의 이중 구조를 이루고 발달했다는 점이다.

여성사적 측면에서 보면, 덧없고 고된 세상에서 남성들이 유곽을 찾는 등 향락과 쾌락을 즐길 때 여성들은 중세보다 훨씬 더 강한 억압을 받았다. 여성의 상속은 거의 인정되지 않게 되었고 집안의 가장이 되는 일도 없어지는 등 권리가 크게 축소되는 시기였다. 하지만 조선의 서당과 같은 교육기관인 데라코야(寺小屋)가 전국적으로 보급되고 서민의 식자율이 크게 오르면서 여성들의 식자율도 높아졌기 때문에 서민여성의 문학활동이 조금씩 빛을 보기 시작한 때이기도 하다. 한시문을 읽고 쓸 수 있는 여성들도 다수 존재했는데 이들의 학문적 능력은 주로 자식을 가르치는 어머니로서만 평가를 받았기 때문에 문학계에 직접적인 공헌을 하기 어려웠다는 한계가 있었다.

하지만 억압과 쾌락, 향락이 공존하는 뜬세상에서 이하라 사이카쿠(井原西鶴, 1642~1693), 마쓰오 바쇼(松尾芭蕉, 1644~1694), 자카마쓰 몬자에몬(近松門左衛門, 1653~1724) 등의 작가가 이름을 떨칠 때 미약하나마 여성작가들의 움직임 또한 시작되고 있었다. 대표적으로 가가노 지요조(加賀千代女, 1703~1775)와 아리이 쇼큐니(有井諸九尼, 1714~1781) 등 하이쿠 시인을 들 수 있다. 이 외에도 비록 소수이긴 했지만 그들의 문학적 성과는 당대의 주류문학과는 다른 활력을 가지고 있었고 당시의 대중에게 사랑 받았다.

근세 여성문학 1

: 가가노 지요조의 하이쿠

[가부장 시대의 여성 하이쿠 시인: 가가노 지요조]

근세시대 중기에 활약한 하이쿠
시인 가가노 지요조(加賀千代女, 1703
~1775)는 나중에 불교에 귀의하여
'지요니(千代尼, 지요 비구니라는 뜻)'
라고 불렸다. 지요니는 가가 지방
(加賀國, 지금의 가나자와시)에서 표
구사를 경영하는 유복한 집안의 장
녀로 태어났으나 어려서부터 병약
한 체질이었다. 이에 그의 아버지는

그림 20. 〈가가노 지요조의 초상〉(이소다 고
류사이, 1773, 지요조 사토하이쿠관 소장)

딸의 건강을 기원하여 이름을 '하쓰(はつ)'에서 지요조(千代女)라고 바꾸었다.

지요조가 태어났을 무렵은 하이쿠 문학이 크게 성숙하고 융성한 시기로, 마쓰오 바쇼(松尾芭蕉, 1644~1694)의 기행문『오쿠노 호소미치(奥の細道)』(1702)가 출간된 때이기도 하다. 따라서 지요조는 어릴 때부터 하이쿠를 접했고 12세 되던 해에 하이쿠 시인 기시야 사에몬(岸弥左衛門, 미상)의 제자가 되어 하이쿠의 기본적인 작법을 공부했다. 17세 때는 호쿠리쿠(北陸) 지방을 여행 중이던 바쇼의 제자 가가미 시코(各務支考, 1665~1731)를 만나 제자로 입문하여 문학적 재능을 인정받아 이름을 날리기 시작했다.

52세 때 머리를 깎고 비구니(법명은 소엔(素園))로 출가한 후에도 표구사를 계속 이어가다가 양자에게 가업을 물려주고 하이쿠에 전념했으며, 9년 후『지요니 하이쿠집(千代尼句集)』을 편찬했다. 72세 때 요사 부손(与謝蕪村, 1716~1784)이 편집한 여성시인들의 하이쿠 모음집인『다마모슈(玉藻集)』(1774)의 서문을 썼다. 평생 1,700여 수의 하이쿠를 남긴 지요조는 나팔꽃에 대한 하이쿠를 많이 창작하여 나팔꽃 시인으로도 유명하다.

[조선통신사에게 헌상한 지요조의 하이쿠 읽기]*

설날 새 멍석
티끌마저 이 아침
아름답구나
福わらや 塵さへけさの うつくしさ

좋은 일들이
넘쳐나게 많구나
벚꽃 핀 봄날
よき事の 眼にもあまるや 花の春

학이 노니네
저 멀리 높은 곳에
설날 해맞이
鶴のあそび 雲井にかなふ 初日哉

---

* 1763년 도쿠가와 이에하루(德川家治, 1737~1786)의 10대 쇼군 취임을 축하하기 위해 제 11차 조선통신사가 일본에 방문했다. 그 접대역을 가가번 번주인 마에다 시게미치(前田重教, 1741~1786)가 담당했는데, 시게미치는 가가번 출신으로, 유명한 여성 하이쿠 시인이었던 지요니에게 그의 하이쿠를 헌상품으로 준비하도록 했다. 지요니는 자신이 읊었던 하이쿠 중 21구를 엄선하여 막부로 보냈고 조선통신사는 이것을 가지고 1764년 조선으로 돌아왔다.

매화향기여

새들은 잠재우고

밤이 새도록

梅か香や　鳥は寝させて　夜もすがら

휘파람 새야

목이 쉬게 울어도

후지산엔 흰 눈

鶯や　こえからすとも　富士の雪

꺾어서 보니

작은 꽃 피어 있는

수양버들이구나

手折らるゝ　花から見ては　柳哉

불어라 불어

벚꽃 날리는 바람 싫어도

높이 연 날고

吹け吹けと　花によくなし　鳳巾

올해 첫 벗꽃

보고 오는 귀갓길엔

그림 21. 〈가가노 지방의 지요조(加賀の
国千代女)〉(우타가와 구니요시, 미상, 야
마나시현립미술관 소장)

아무도 없네
見て戻る 人には逢ず 初桜

여인네들이
밀며 끌며 올라가네
산벚꽃 보러
女子とし 押てのほるや 山さくら

새벽녘의 죽순
그날 하루 사이에
홀로 서는구나
竹の子や その日のうちに 独たち

하늘나리 꽃
집안의 좋은 일보다
산을 바라보네
姫ゆりや 明るい事を あちらむき

새하얀 박꽃
숨어서 조심스레
아름답구나
夕かほや ものゝ隠れて うつくしき

가라사키의
한낮은 시원스런
물방울 소리
唐崎の 昼は涼しき 零哉

천둥번개가
물 위를 달려가
소매를 적시네
稲妻の すそをぬらすや 水の上

고운 나팔꽃
잠을 깨웠던 이는
차마 못 보네
朝かほや 起こしたものは 花も見ず

가을 보름달
눈에 담고 저 멀리
돌아가 왔네
名月や 眼に置ながら 遠ありき

달맞이 때도
그늘을 찾아 숨는

여자 아이들
月見にも 陰ほしがるや 女子たち

올해 첫 기러기
산으로 보내 버리면
들녘이 서운하고
初雁や 山へくれば 野にたらす

표주박 덩이들
한 줄기 넝쿨에서
온 마음 다해
百生や つるひと筋の 心より

가을날 아침
매일 이슬 맞아도
선명한 국화꽃
朝〻の 露にもはげす 菊の花

한참 쏟아지더니
또 어디로 갔을까
초겨울 소나기
降さして また幾所か 初しくれ

근세 여성문학 2

: 아리이 쇼큐니의 하이쿠

[사랑과 방랑, 정열의 시인: 아리이 쇼큐니]

아리이 쇼큐니(有井 諸九尼, 1714~1781)는 근세 중기의 하이쿠 시인
으로 본명은 나가마쓰 나미(永松なみ)이다. 유복한 집안에 태어나 읽
기와 쓰기, 예의범절, 가사 등 당시 여성이 갖춰야 할 기본 소양을
교육 받았으며 10대 중반 나가마쓰 만우에몬(永松万右衛門, 미상)과
결혼했다. 아이가 생기지 않아 남편과 냉랭한 결혼생활을 하다가
당시 유행하던 하이쿠에 흥미를 느끼게 되었다. 그러던 중 당시 지
역 지식인들이 찾아와 하이카이와 문예를 즐기고 병자를 치료하는
교류공간이도 했던 조니치도(丈日堂)의 존재를 알게 된다. 그곳에는
아리이 후후(有井浮風, 1702~1762)가 머물면서 의술을 펼치는 동시에

하이카이를 가르치고 있었다. 쇼큐니는 남편 몰래 조니치도에 다니다가 후후를 연모하게 되어 결국 29세 때 후후가 살던 후쿠오카로 가게 된다. 이는 사회적 관습을 뛰어넘는 파격적인 행동이었다.

쇼큐니와 후후는 주변 사람들의 눈을 피해 오사카에서 생활하게 되었고 쇼큐니는 이때 정식으로 하이쿠를 배운다. 이후 자신만의 하이쿠를 확립해 나가다가 1761년 홀로 여행을 떠나면서 비로소 쇼큐라는 필명을 쓰기 시작했다. 나중에 남편이 세상을 떠나자 출가하여 직업 하이쿠 시인으로서 남은 인생을 살았다. 당시 여성의 출가는 불문(佛門)에 입문한 비구니로서 대외적인 자유를 얻는 방법이기도 했다. 1771년, 50대 후반의 쇼큐니는 하인과 안내자를 동행하여 마쓰오 바쇼의 『오쿠노 호소미치』의 여정(실제 여행은 1689년)을 따라 오쓰(大津)의 이시야마데라(石山寺)를 출발했다. 그리고 이 여정을 『가을바람의 기록(秋風の記)』으로 남겼다. 이 여행기 전문이 출판된 것은 1960년에 이르러서였다. 만년에는 자신을 비난하던 사람들이 다 세상을 떠난 고향으로 돌아가 존경받는 하이쿠 시인으로 살다 생을 마감했다.

[바쇼의 여정을 그대로 따라가며 쓴 여행기
: 『가을바람의 기록(秋風の記)』 읽기]

교토쿠(行德), 가마가야(鎌が谷)라고 하는 곳을 지나니 넓은 들판이
나왔다. 더운 햇빛을 피할 나무그늘 하나 없었다. 거기에서 20리
정도 가자 겨우 시라이(白井)라는 시골마을에 마실 물을 파는 집이
있었다. 이 집의 건너편에 짙은 녹색의 쓰쿠바산(筑波山)이 훤히 내
다 보였다. 시라이에서 들판을 걸어가는데 풀이 점점 크고 무성해
져, 사람의 키를 넘을 정도였다. 거기에 야생마가 많이 있었다. 사람
기척에 놀란 말들이 달리기 시작하자 사람들도 놀라 쫓기듯 도망치
며 우왕좌왕했다. 이처럼 풀이 우거진 곳에 무언가 수상한 것이 숨
어 있을지도 모른다고 생각하면 마음이 불안해진다. 기오로시(木颪)
에 도착했을 땐 이미 날이 저물기 시작했다. 해가 지고 얼마 지나지
않아 이곳에서 배를 타고 40리 정도 노 저어 갔는데 바람의 방향이
좋지 않다는 말을 듣고 돌아왔다.

이런 연유로 배 안에서 자게 되었는데, 선미에서 우차를 꺼내는
것 같은 소리가 밤새 머리맡에서 울리는 바람에 잠들 수가 없었다.
결국 잠을 못 이루고 날이 새기만을 기다리느라 천년은 지난 것
같은 기분이 들었다. 겨우 날이 밝아 뱃고물을 들여다보니 그 소리
는 우차 삐걱이는 소리가 아니라 선장의 코 고는 소리였다. 옆에
있는 사람이 선장을 흔들어 깨워 "빨리 배를 출발시키세요"라고 하
자, 그는 "귀찮게 구네, 배는 바람에 맡기는 거야" 하고 하품을 하면

서 손발을 쭉 뻗고 기지개를 펴는 걸 보니 이 배보다 선장의 키가 더 길었다. 강의 수면을 둘러보자 오사카의 요도강(淀川)을 두 개 합친 것처럼 넓었다. 오른쪽 물가에는 갈대와 줄풀(真菰)이 무성하게 자라고, 왼쪽 물가에는 인가가 흩어져 있었다. 강의 이름을 묻자, 선장은 "이 강은 도네강(利根川)이라고도 하고 반도 다로(坂東太郎, 도네강의 별명)라고도 합니다"라고 대답했다. 그의 목소리가 꽤나 컸기 때문에 한 수 지었다.

개개비 새
울부짖는 소리가
반도 다로구나
よしきりの こゑも板東 太郎かな

_아리이 쇼큐니

[온화하고 우아한 사색: 쇼큐니의 하이쿠 읽기]

가는 봄이여
바다를 보고 있는
새끼 갈까마귀
行く春や 海を見て居る 鴉の子

새 지붕이구나
이제는 옛것이 된
창포 줄기여
葺かへて今やむかしの菖蒲草

어느 틈엔가
흐트러진 삿갓이여
가을 바람 부네
いつとなく ほつれし笠や あきの風

털어 버리고
다시 보니 티끌이네
가을날 서리
掃捨てて 見れば芥や 秋の霜

저 멀리 끝없는
황야에서 슬프구나
귀뚜라미여
ながらへて枯野にかなしきりぎりす

으스름 달밤
심연을 날아가는

기러기 소리
朧夜の底を行くなり雁の声

말(馬)도 눈물을
머금고 가는구나
늦가을 들녘
涙ぐみて馬も行くなり枯野原

새하얀 박꽃
말이 돌아오기를
기다리다 피네
夕顔や 馬のもどりを まちてさく

긴긴 가을밤
이런저런 생각 끝에
내세를 걱정하네
長き夜や おもい余りて 後世の事

그림 22. 근세시대 여행하는 일본 여성들의 모습(우타가와 히로시게(歌川広重, 1797~1858), 〈도카이도 53경치(東海道五十三次)〉, 1833, 시즈오카시 도카이도 히로시게미술관 소장)

제5장 근대의 여성작가와 작품

메이지시대(明治, 1868~1912)와 다이쇼시대(大正, 1912~1926), 제2차 세계대전에서의 패전(1945) 전까지를 주로 근대라고 부른다. 일본은 19세기 중후반 서양 강국의 개국 요구와 국내 산업 재편이라는 위기 속에서 격한 정쟁 끝에 막번체제*가 붕괴했다. 무사정권이었던 막부의 수도 에도는 1868년 도쿄(東京)라는 이름으로 거듭났고, 천황제를 기반으로 한 메이지 신정부가 탄생했다.

메이지 정부는 메이지 유신(1868)을 통해 부국강병과 문명개화를 목표로 중앙집권적인 국가의 틀을 만들고, 신분제도 폐지, 직업의 자유, 식산흥업(殖産興業) 등의 근대화 정책을 추진했다. 사회는 빠르게 봉건제적인 구습에서 탈피하고 있었지만 특권계급층의 불만과 민중의 불만이 상충하는 시기이기도 했다.

메이지 유신 이후 서양문명이 도입되자 서양의 인간중심사상과 공리적 주장에 바탕을 둔 다수의 문학이 창작되거나 번역, 소개 되었다. 메이지시대 문학의 특징은 게사쿠(戲作, 근세 후기의 통속 오락소설), 번역문학, 정치소설이었는데, 일본의 근대화가 서양을 모델로 삼은 만큼 문예사조도 서양을 염두에 두면서 나름대로의 흐름을 형성하고자 하는 움직임이 나타났다. 쓰보우치 쇼요(坪内逍遥, 1859~1935)로 대표되는 사실주의나 요사노 아키코(与謝野晶子, 1878~1942)

---

* 일본 에도시대 때 막부의 수장인 쇼군(將軍)과 지방 영토를 다스리는 다이묘(大名)를 중심으로 한 통치 체제를 말한다. 쇼군과 다이묘는 주종 관계에 있었고, 쇼군은 다이묘의 영지를 승인하여 이를 통해 일본을 지배하였다. 다이묘는 쇼군에게 영지를 허가받은 대신 막부에 에도의 경비, 군역, 토목공사 등을 부담하였다.

가 중심이 되는 낭만주의, 시마자키 도손(島崎藤村, 1872~1943)으로 대표되는 자연주의 등의 흐름이 있었다.

여성사적 측면에서 보면, 메이지시대는 남녀 구별 없이 교육을 받을 수 있게 되었다는 점이 가장 큰 변화였다. 낡은 사상을 비판하고 서구의 자유와 인권사상을 소개하며 남녀동권론이 역설되는 등 여성인권에 획기적인 변화를 가져왔다. 여성의 교육은 현모양처 교육에 집중되었으나 그 속에서도 여성들은 새로운 능력과 가능성을 개척해나갔다. 따라서 이 시기는 11세기 전후의 중고시대 이래로 다시 여성문학자들이 두각을 나타내는 시기이기도 했다. 대표적인 여성작가로는 히구치 이치요(樋口 一葉, 1872~1896), 미야케 가호(三宅 花圃, 1869~1943), 요사노 아키코 등을 들 수 있다.

다이쇼시대(1912~1926)는 대외적으로는 러시아 혁명(1917)과 1차 세계대전(1914~1918), 내부적으로는 관동대지진(1923) 등 전쟁과 자연재해로 혼란에 휩싸인 시기였다. 그러나 이 시기는 부국강병을 추구하던 메이지시대와 파시즘적 군국주의로 향하던 쇼와시대(昭和, 1926~1989) 사이에 끼어 정당정치를 꽃피우고 정치적으로 시민적 자율을 요구하는 운동을 일으킨 다이쇼 데모크라시의 시대이기도 했다. 메이지시대 이후 추진된 의무교육과 교육기관의 확충은 도시 고학력자를 증가시켰고, 여성의 직업 영역도 넓어졌다. 여성들은 생계 때문만이 아니라 향학열을 바탕으로 경제적 자립을 추구하며 교원, 사무원, 타이피스트, 간호사 등 다양한 직업에서 활약했다.

다이쇼시대 문학의 특징으로는 우선 사소설이 발전하여 작가 자신을 주인공으로 하는 소설이 활발하게 쓰여졌다. 또한 자연주의 문학과 사소설에 반발하여 이상주의, 인도주의를 표방하고 개성적인 자기 존엄을 주장한 시라카바파(白樺派)가 영향력을 행사했고 모리 오가이(森鷗外, 1862~1922)와 나쓰메 소세키(夏目漱石, 1867~1916) 등이 독자적인 영역을 구축했다. 관능과 감각의 자극을 통해 현실의 고통에서 벗어나고자 하는 신낭만주의의 대표 작가 다니자키 준이치로(谷崎潤一郎, 1886~1965)를 비롯하여, 아쿠타가와 류노스케(芥川龍之介, 1892~1927)로 대표되는 신현실주의, 가와바타 야스나리(川端康成, 1899~1972)로 대표되는 신감각파 등 다양한 문학사조가 유행하고 발달했다. 프롤레타리아 문학이 꽃피웠던 것도 바로 이 시대였다. 이처럼 일본문학사에서 거장으로 꼽히는 나쓰메 소세키, 다니자키 준이치로, 아쿠타가와 류노스케 등이 동시에 존재했던 이 시기는 여성작가들이 본격적으로 두각을 드러내기 시작한 시기이기도 했다.

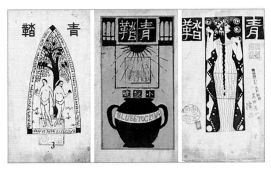

그림 23. 잡지 『세이토』의 표지들

또한 이 시기에는 일본 여성문학사에 기념비적인 사건이라 할 수 있는 최초의 여성잡지 『세이토(靑鞜)』(1911)의 창간이 있었다. 여성 운동가이며 평론가였던 히라쓰카 라이초(平塚雷鳥, 1886~1971)가 주도하여 창간된 『세이토』는 당초 여성문학가 육성을 목표로 한 문예지였지만 점차 여성해방 사상지로서 입지를 굳힘과 동시에 많은 여성문학가들이 활약하는 장이 되었다.

라이초가 쓴 창간사의 "태초에 여성은 태양이었다(元始、女性は実に太陽であった)"라는 문구는 여성해방운동의 상징적 표어가 되었다. '세이토', 이른바 '청탑(靑鞜)'은 18세기 영국에서 참정권운동을 벌였던 여성들을 가리키는 '블루스타킹(blue stocking)'을 한자어로 옮긴 것이다. 세이토 동인들이 주도한 여성해방운동은 일본을 넘어 동아시아 전역으로 확산되었고, 나혜석, 김일엽 등 한국의 여성 운동가들에게도 많은 영향을 끼쳤다.

당시 『세이토』의 동인들은 신여성을 자칭하며, 낙태, 정조, 모성보호 등 여성의 성에 대한 논쟁적 주제들을 다루었다. 그들은 시대가 요구하는 전통적 가부장제의 수동적 여성상을 거부하고, 주체적 여성상을 확립하는데 앞장섰다. 다무라 도시코(田村俊子, 1884~1945)나 노가미 야에코(野上彌生子, 1885~1985)는 『세이토』가 폐간된 후에도 작가 활동을 활발히 이어나갔지만, 이 잡지에 글을 실었던 대부분은 작가를 꿈꾸는 무명의 여성들이었다. 『세이토』는 근대 일본여성들의 문학적 재능을 꽃피우고 작가를 발굴하는 한편 젠더 감수성을 일깨우고 사회적 이슈에 관심을 갖게 하는 데 큰 역할을 했다.

여성작가의 활동이라는 측면에서 보면, 근대화의 물결을 타고 중고시대 이래로 다시 한 번 여성작가들이 활약하는 새로운 국면을 맞이했다. 다이쇼 말기부터 쇼와 초기에 해당하는 1920년대부터 1930년대 초반, 일본 제국주의가 기승을 부리기 직전 미야모토 유리코(宮本百合子, 1899~1951), 우노 지요(宇野千代, 1897~1996), 하야시 후미코(林芙美子, 1903~1951) 등 많은 여성작가들이 다양한 작품을 쏟아냈다. 문학활동을 통해 적극적으로 자신의 소리를 내고 사회, 문화, 정치에 참여했던 근대의 여성들은 시와 소설 등의 문학만이 아니라 평론과 칼럼 등의 저널리즘까지 다양한 분야로 활동의 지평을 넓혀갔던 것이다.

근대 여성문학 1

: 소설 『키재기(たけくらべ)』

[근세와 근대의 경계인: 히구치 이치요]

히구치 이치요(樋口一葉, 1872~1896) 는 도쿄의 하급 무사 집안에서 태어났 다. 본명은 히구치 나쓰(樋口奈津)인데, 자신의 필명을 중국의 달마대사가 타 고 강을 건넜다는 일엽편주(一葉片舟)에 빗대어 '이치요(一葉)'라고 지었다. 이 치요가 어렸을 때부터 책 읽기를 좋아 하고 문학적 재능을 보이자, 그의 아버 지는 당시 일본 고전문학을 가르치던

그림 24. 히구치 이치요

와카학교(歌塾) 하기노야(萩の舍)에 입학시켰다. 어머니는 딸이 공부하는 것을 반대했지만, 아버지는 딸에게 일본 전통시가와 고전문학을 배우게 했다. 이처럼 이치요는 일본이 서구형 근대화를 본격화하던 메이지시대에 태어났지만 구시대의 그늘에 있었던 셈이다. 전통적인 여성의 글쓰기 교육을 통해 보수적이고 구시대적인 여성상을 딸에게 내면화시키고자 했던 아버지의 교육 방침과 당시의 교육 영향 때문이었는지, 이치요의 소설은 대부분 고전 문체로 쓰여 있다.

한편 이치요는 16세부터 실질적으로 가족의 생계를 책임져야 했는데, 가난 때문에 정혼자에게 파혼을 당하기도 했다. 그러자 소설을 써서 돈을 벌기로 결심하고 『아사히신문(朝日新聞)』에서 소설을 연재하던 나카라이 도스이(半井桃水, 1861~1926)의 문하로 들어가 문학수업을 받았다. 생활고 때문에 소설창작의 세계에 발을 들여놓은 이치요는 이른바 '여류 소설가'를 대표했던 고등여학교 졸업생이나 현역 여학생들과는 처음부터 글을 쓰는 목적이 달랐다.

20세 때 데뷔작인 『밤벚꽃(闇桜)』(1892)을 발표하고 뒤이어 『매목(うめれ木)』(1892)을 발표했지만 큰 반향을 불러일으키지는 못했다. 이후 생계를 위해 어머니와 변두리 상점가에 잡화점을 열었으나 이 또한 장사가 잘 되지 않아 곧 그만두게 된다. 23세 때 『문학계(文學界)』에 『키재기(たけくらべ)』(1895)를 발표했고, 『문예구락부(文藝俱樂部)』에 『흐린 강(にごりえ)』(1895), 『십삼야(十三夜)』(1895) 등의 소설을 연이어 발표했다.

당시 일부 특권계급 층의 '여류소설가'들이 쓰는 소설은 상류 사교계 등의 협소한 세계를 소재로 하거나 결혼을 대단원으로 하는 것이 일반적이었는데, 이치요는 이런 흐름에서 벗어나 다양한 여성들의 삶과 고뇌를 소설로 써냈다. 그는 14개월이라는 짧은 기간 동안 잇달아 주옥같은 단편을 써내다가 1896년 과로로 인한 폐결핵 악화로 24년간의 짧은 생을 마감했다.

이치요가 세상을 떠난 후 여동생 구니코(邦子)와 이치요를 따르던 문인들이 모아두었던 이치요의 작품들을 소개, 출판함으로써 널리 읽히게 되고 대중의 인정을 받게 되었다. 평생 생활고에 시달렸던 것을 생각하면 아이러니한 일이지만, 이치요는 2004년 일본의 5,000 엔권 지폐의 모델이 되기도 했다. 이는 이치요가 한 시대를 대표하는 여성이자 문인으로 인정받고 있다는 것을 의미한다.

그림 25. 5,000엔권 지폐 속의 히구치 이치요(발행은 2004년부터)

그림 26. 영화 〈키재기〉(1955)

[구시대의 활기와 새 시대의 어둠을 그려내다: 『키재기』]

12장으로 구성된 단편소설 『키재기』는 문학잡지 『문학계』에 1895년 1월호부터 1896년 1월까지 간헐적으로 연재되었다가 1896년 『문예구락부』 4월호에 일괄 게재되었다. 제목은 10세기 초의 일본 고대소설 『이세 모노가타리(伊勢物語)』 속의 와카 〈우물가에서 우물 벽에 재곤 했던 나의 키 어느새 커버렸네 그대 못 보는 사이(筒井つの 井筒 にかけし まろがたけ 過ぎにけらしな 妹見ざるまに)〉에서 따왔다.

줄거리는 언젠가는 유녀가 될 수밖에 없는 미도리와 승려가 되어야 하는 신뇨, 이 두 사람의 미묘한 심리적 변화와 풋풋한 사랑, 갈등과 고민이 서사의 중심을 이루고 있다. 동시에 그들을 둘러싼 쇼타, 조키치, 산고로 등의 소년들이 연출하는 천진난만하면서도 거친 세계와 어른이 되기 직전 청소년들이 느끼는 불안, 사춘기를 맞이한 소년 소녀의 신체적, 심리적 변화 등이 서정적이고 아름다운 문체로 그려져 있다.

이치요는 1893년 7월 생계를 해결하기 위해 요시와라 유곽 근처에서 잡화점을 했을 때의 체험을 바탕으로 이 소설을 썼다. 그는 도쿄 최대의 유곽이었던 요시와라를 중심으로 그곳에서 살아가는 사람들의 생활상을 직접 접하고 관찰함으로써 현실에 대한 객관적인 태도를 유지하면서 아련한 그들의 이야기를 써냈다.

[19세기 말 사춘기 소년소녀들의 성장기: 『키재기』 읽기]

소꿉친구 신뇨

많은 아이들 중에 류게지(龍華寺)라
는 절에 사는 아이 신뇨는 천 가닥 머리
카락이 앞으로 몇 년이나 갈까 싶은데
언젠가는 결국 소매를 잿빛으로 물들
일 예정이기 때문이다. 부모 뒤를 이어
중이 될 텐데 불도에 뜻을 두는 것은
본심에서 나온 것인 듯하다. 천성이 온
순하고 공부를 좋아하는 것이 친구들
은 왠지 마땅치 않아 여러 가지로 심술
궂은 짓을 해 댄다. 죽은 고양이를 밧

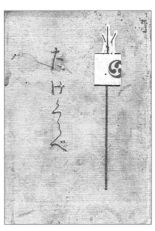

그림 27. 『키재기』(1896) 초판 표지

줄에 묶어서 "네 일이니까 극락으로 이끌어줘" 하며 내던진 적도
있었지만 그것도 다 옛날 일이고, 지금은 교내 제일이라 깔보는 아
이들도 없다. 나이는 열다섯, 보통 키에 까까머리를 해서 그런지
속세 사람과는 달리 보이는데, 후지모토 노부유키(藤本信如)라고 훈
독*으로 불리지만 행동거지가 어딘지 승려답다.

---

* 노부유키는 일본식으로 읽은 것이고 이를 한자식 음독으로 읽은 것이 신뇨이다.

골목파와 큰길파 아이들의 경쟁

팔월 이십일은 센조쿠(千束) 신사의 축제인데 마을마다 축제 수레를 멋들어지게 꾸미고 둑에 올라가 유곽 안으로 들이닥칠 기세라 젊은이들의 열기를 짐작할 수 있다. 아이라고 해도 주워듣고 보는 것이 많아 세상의 때가 묻은 탓에 마음을 놓을 수 없는 동네이다. 유카타를 맞춰 입는 것은 말할 것도 없고 서로 의논해서 못 봐줄 정도로 건방지게 치장을 한다. 하고 다니는 꼴을 들어 보면 간이 떨어질 정도이다. 골목파를 자처하는 난폭한 골목대장 조키치는 나이가 열여섯이다. 아버지 대신 니와카(仁和賀) 축제의 선두역을 맡은 후로는 자존심이 세져 허리띠를 어른처럼 내려 매거나 대답을 코끝으로 하거나 해서 "밉살스러운 짓을 하네. 저게 대장의 아들만 아니었다면…" 하고 토목기술자의 아내들이 입방아를 찧고는 한다. 제멋대로 행동하며 분에 넘칠 정도로 활개를 치는데 큰길가에 있는 다나카야의 쇼타로는 나이는 저보다 세 살 어린데도 집에 돈이 있고 애교도 있어 미움을 사지 않는 진짜 적이다.

"나는 사립학교에 다니는데 저쪽은 공립이라고 하지, 똑같이 부르는 창가(唱歌)도 저쪽이 원조라는 듯한 얼굴을 하지, 작년에도 재작년에도 저쪽에는 어른들이 붙어 있는 데다 축제 차림도 이쪽보다 훨씬 화려하게 꾸며서 싸움을 걸기도 어려워졌구나. 올해 축제에 다시 지고 만다면 '내가 누군 줄 알아, 골목파 조키치다' 하는 평소의 당당한 힘자랑은 허풍이라고 비난을 받을 테고, 벤텐 도랑에서 헤엄을 쳐도 내 편이 되는 놈은 적을 거야. 힘으로 하면 내가 강하지만 다나카야 놈의 원만한 대인 관계에 속을 거야. 또 골목파였던 다로키치, 산고로 따위가 공부를 잘하는 놈을 두려워해서 저쪽에 붙은 것도 언짢아. 축제는 모레야. 우리 쪽이 질 것 같으면 될 대로 되라는 심정으로 난동을 부려서 쇼타로의 얼굴에 상처라도 하나 내 줘야지. 나도 눈 하나, 다리 한 쪽 없앨 각오니까 문제없어. 인력거꾼 우시에, 상투끈 가게의 분, 장난감 가게의 야스케 정도만 거들어 주면 지지는 않을 거야. 아, 그보다 맞아. 그 애가 있네. 노부유키라면 머리를 잘 굴려주겠지" 하고 조키치는 십팔일 저녁에 무슨 말을 하려고 하면 눈이고 입이고 할 것 없이 날아드는 모기를 쫓으면서 대숲이 무성한 류게지의 정원에서 신뇨의 방으로 어슬렁어슬렁 걸어가 "노부유키 있냐?" 하며 얼굴을 내밀었다.

"내가 하는 행동이 난폭하다는 사람이 있는데 그래 난폭할지도 몰라. 그래도 분한 건 분한 거야. 들어봐 노부유키, 작년에도 우리 편 막내놈이랑 쇼타로 파의 애송이가 초롱불로 치고 박기 시작하니까 그 자식의 패거리들이 여기저기에서 튀어나와서 어린애의 초롱을 부수고 헹가래를 하며 '골목파 꼴 좀 봐라' 하고 외쳐댔어. 그랬더니 애늙은이 같은 경단 가게 얼뜨기가 '대장 좋아하네. 꼬리다, 꼬리 돼지꼬리'라고 욕을 했다는 거야. 난 그때 행렬을 이끌고 센조쿠 신사에 들어가 있었잖아. 나중에 듣고 당장 복수하려고 했는데 아버지가 잔소리를 하는 통에 그때는 별 수 없이 단념했어. 재작년에는 너도 알 듯이 문구점으로 큰길파 애송이들이 몰려와서 연극인지 뭔지를 해댔잖아. 그때 내가 보러 갔더니 '골목은 골목만의 취향이 있다'면서 지껄였다고! 게다가 쇼타만 손님으로 부른 것도 화가 치밀어. 아무리 돈이 많다지만 다 쓰러져가는 전당포 고리대금업자가 건방지게 말야. 그런 놈을 살려두느니 때려죽이는 게 세상을 위하는 일이야. 난 이번 축제에는 무슨 수를 써서라도 앙갚음을 할 거야. 그러니 노부유키, 친구 덕 좀 보자. 네가 싫다고 하면 별 수 없지만 제발 내 편을 들어서 골목파의 굴욕을 씻자. 자기들이 부르는 창가만 원조 창가라고 뽐내는 쇼타로를 혼내주지 않을래? 내가 사립학교 멍청이 소리를 들으면 너도 마찬가지가 되는 거잖아. 제발 부탁이야. 도와준다는 마음으로 큰 초롱불을 흔들어줘. 나는 정말 억울하고 분해. 이번에 지면 내 자리는 없어져." 하고는 막무가내로 씩씩거리며 떡 벌어진 어깨를 들썩였다.

발랄한 소녀 미도리

미도리는 풀어 내리면 발끝까지 닿을 듯한 머리를 머리뿌리까지 바짝 그러모아 앞머리를 크게 묶은 묵직한 머리모양을 하고 있는데 이런 머리를 샤구마(赭熊)*라고 한다. 무시무시한 이름이지만 이렇게 묶는 스타일이 요즘 유행이라 양가의 따님들도 즐겨한다고 한다.

---

* 샤구마는 곱슬머리로 만든 덧머리 가발 혹은 이 가발을 이용한 머리모양을 가리킨다. 주로 일본식으로 머리를 올릴 때 동그랗게 부풀리는 부분에 넣는다. 한자 뜻이 붉은 곰이라는 뜻이기 때문에 무시무시한 이름이라고 한 것이다.

얼굴은 희고 콧날은 오뚝하며 입모양이 작지는 않지만 탄력이 있어서 밉지 않다. 하나하나 뜯어보면 미인과는 거리가 멀지만, 말소리가 가늘고 시원하며 눈매에는 애교가 넘쳐흐르고 행동거지가 발랄하니 보는 사람이 기분이 좋다. 감색 바탕에 나비와 새 무늬를 커다랗게 염색한 유카타를 입고, 도드라진 검은 명주 천과 겉과 속을 다르게 염색한 띠를 가슴에 묶고 발에는 이 근방에서는 보기 힘든 옻칠을 한 비싼 나막신을 신고, 아침에 목욕하고 돌아올 때 뽀얀 목 뒤에 수건을 걸친 모습을 보면 3년 뒤가 기대된다고 유곽에서 즐기고 돌아가는 젊은이가 말하기도 했다.

바로 그 아이가 다이코쿠야 기방의 미도리인데 태어난 곳은 기슈(紀州)이다. 말투에 사투리가 살짝 섞여 있는 것도 귀엽고 무엇보다도 돈을 호쾌하게 잘 쓰니 좋아하지 않을 사람이 없다. 아이에게는 어울리지 않는 무거운 은화 주머니를 차고 있는 것도 언니가 잘나가는 기녀라서 그 덕이다. 게다가 시중드는 아주머니가 언니에게 잘 보이려고 "미도리 아가씨, 인형 사세요. 얼마 안 되지만 공이라도 사세요"하며 주면서도 생색내지 않으니 받는 쪽도 고마워하는 기색 없이 마구 뿌려댄다. 같은 반 여학생 스무명에게 똑같은 고무공을 나눠 주는 일 따위는 아무것도 아니다. 단골 문구점에 한가득 쌓여 있는 장난감을 전부 사서 기쁘게 한 일도 있다. 그래도 매일 이런 낭비가 이 나이, 이 신분에 가능할 리 없고, 커서 도대체 뭐가 될지…. 부모가 있는데도 오냐오냐하기만 하고 엄하게 꾸짖지도 않는다.

기방 주인이 미도리를 아끼는 것도 묘한데, 들어보니 양녀도 아니고 친척도 아니다. 언니가 팔렸을 때 감정하러 온 기방 주인의 권유로 살길을 찾으려고 가족 세 명이 멀리서 찾아온 것이 이유라면 이유이다. 그보다 더 깊은 이유가 있을까? 어쨌든 지금은 기방의 별채를 관리하면서 어머니는 유녀들의 옷을 수선하고 아버지는 가장 격이 낮은 기방의 서기가 되었다. 미도리는 가무와 수예를 가르치는 학교에 다닌다. 그 외에는 자유로워서 하루의 절반은 언니 방, 나머지 절반은 동네에서 노는데, 밤낮 보고 듣는 것은 샤미센이며 북이며 붉거나 자줏빛 기모노뿐이다. 처음 이곳에 왔을 때는 연보라 동정을 겹옷에 대서 입고 다녀서 "촌뜨기, 촌뜨기" 하고 동네 여자아이들의 비웃음을 사서 분한 마음에 삼일 밤낮을 운 적도 있었다. 그런데 지금은 오히려 자기가 나서서 남을 비웃고 촌스러운 차림이라며 대놓고 밉살스러운 말을 하는데 반박하는 사람도 없다.

모욕당한 미도리

미도리가 따분해 하자 여자애들은 얼른 가위를 빌려와 종이를 오리기 시작한다. 남자들은 산고로를 중심으로 즉흥연기를 연습하는 중이다. "번창하는 유곽을 내다보면 처마는 초롱불, 전기등, 언제나 번화한 다섯 마을"하고 목소리를 맞춰 가며 재미있게 불러 대는데, 기억력이 좋아서 작년, 재작년에 불렀던 것을 거슬러 올라가확인해 보니 손짓, 손뼉이 하나도 틀리는 곳이 없다. 십여 명이 들떠서 떠들어대니 무슨 일인가 하며 사람들이 문으로 몰려들었다.

그중에서 "산고로 있어? 빨리 와 급해" 하며 분지라는 상투끈 가게 아이가 불러내자 산고로는 아무 의심 없이 "어, 왔구나" 하고 가뿐히 문지방을 뛰어넘었다. 그때 "이 박쥐 새끼야. 각오해라 골목파의 체면을 더럽혔으니 그냥 둘 수 없어. 내가 누군지 알아? 조키치야! 까불다가 후회 마라!" 하며 광대뼈에 일격을 가했다. 골목파 무리들이 놀라서 도망가려는 산고로의 목덜미를 붙들고 끌어냈다.

　"자 산고로 자식을 때려죽여. 쇼타를 끌어내 죽여 버려! 겁쟁이, 도망치지 마. 경단 가게 얼간이도 가만두지 않겠어." 소란 때문에 문구점 처마에 걸어 놓은 초롱불이 힘없이 부서지자 "달아 놓은 램프가 위험해. 가게 앞에서 싸우면 안 돼" 하고 아주머니가 소리쳐도 듣지 않는다. 꼬아 묶은 머리띠를 하고 큰 초롱을 흔들면서 닥치는 대로 난동을 부리며 제멋대로 쳐들어오는 방약무인한 아이들은 전부 열네다섯 명쯤이다. 다들 쇼타만 노리지만 쇼타가 보이지 않자 "어디에 숨겼어. 어디로 도망쳤어. 얼른 말 안 해? 안 해? 불지 않곤 못 배길 걸" 하고 산고로를 둘러싸서 때리고 찼다.

　미도리는 분해서 말리는 사람을 밀치고 "이봐, 너희들! 산고로한테 무슨 죄가 있다고 그래. 쇼타는 없잖아. 여기는 내가 노는 곳이야. 너희들은 손가락 하나 까딱 못해. 야, 얄미운 조키치 녀석아. 산고로를 왜 때려. 어, 또 쓰러뜨렸네. 맺힌 게 있으면 날 때려 내가 상대할 테니까. 아주머니 말리지 마세요." 하고 몸부림치면서 욕했다. 그러자 "뭐야, 이년이 함부로 주둥이를 놀려. 언니 뒤나 이을 거렁뱅이가. 네 상대는 이게 딱이다" 하며 아이들 뒤에서 흙 묻은 짚신을 집어

던졌다. 과녁에 명중하듯 지저분한 짚신이 미도리의 이마를 세차게 때렸다. 안색이 변해서 일어서는 미도리를 "상처라도 난 건 아니니?" 하고 아주머니가 끌어안는다.

"꼴좋다. 이쪽에는 류게지의 후지모토가 붙어 있다고. 복수하려면 언제든지 와. 바보 놈아. 나약한 겁쟁이 새끼야. 집에 가는 길에 잠복하고 있을 거야. 어두운 골목길 조심해" 하며 조키치가 산고로를 마당에 내동댕이친 순간, 마침 신발 소리가 들려 누군가가 파출소에 알린 것을 깨달았다. "빨리 도망쳐!" 하고 조키치가 소리를 지르자 우시마쓰와 분지 외의 십여 명이 각각 다른 방향으로 흩어져서 도망가는데 다들 날쌔기도 하다.

서로를 의식하는 신뇨와 미도리

류게지의 신뇨와 다이코쿠야의 미도리는 둘 다 육영사(育英舍)라는 학교에 다닌다. 지난 4월 말 벚꽃이 지고 푸른 잎이 돋아날 무렵, 나무그늘에서 등나무꽃 구경이 한창일 때, 봄 대운동회를 미즈노야 들판에서 개최한 적이 있었는데 줄다리기, 공던지기, 줄넘기에 푹 빠져서 긴 하루가 저무는 것을 몰랐다. 웬일인지 신뇨는 평소의 침착한 모습과는 다르게 연못가의 소나무 뿌리에 걸려 넘어져 진흙길에 손을 찧고 겉옷도 흙투성이가 되어 볼썽사나운 꼴이 됐다. 마침 그 자리에 있던 미도리가 보다 못해 닦으라며 자기의 다홍색 비단 손수건을 건네주었다. 이때 질투심 많은 친구가 그것을 보고 "후지모토는 중이면서 여자랑 이야기 하고 기쁜 듯이 인사를 하네. 그것 참 이상하지 않아? 분명히 미도리는 후지모토의 아내가 될 거야. 절의 안주인을 원래 다이코쿠님이라고 하잖아" 하면서 소란을 피웠다.

신뇨는 원래 이런 이야기가 나오면 남의 일이라도 떨떠름한 얼굴로 고개를 돌리는 성격이라 자기가 직접 놀림을 받으니 견디기 어려웠던 모양이다. 그 후로 미도리라는 이름을 들을 때마다 두렵고 친구들이 또 이야기를 꺼내지 않을까 싶어 마음이 답답하고 이루 말할 수 없이 싫은 기분이 되었다. 하지만 그럴 때마다 화를 낼 수 없어서 되도록 모르는 척, 태연하게 언짢은 얼굴로 지냈는데 딱 마주쳐서 미도리가 이야기를 걸어오면 정말이지 당혹스러웠다. 대개는 모른다고 한마디로 잘라버리지만 식은땀이 줄줄 흐를 정도로 괴롭다. 미도리는 그런 줄도 모르고 처음에는 "후지모토, 후지모토." 하며 친근하게 말을 걸고, 방과 후 돌아가는 길에 자기가 한 발 앞서 걷다가 길거리에서 진귀한 꽃을 발견하면 뒤에 오는 신뇨를 기다렸다가 "이렇게 예쁜 꽃이 피었는데 가지가 높아서 못 꺾겠어. 너는 키가 크니까 손이 닿잖아. 부탁이야, 꺾어줄래?" 하는 것이다. 미도리가 그저 무리 중에 나이가 많은 편인 신뇨에게 부탁했을 뿐이라는 것을 신뇨도 잘 알아서 그냥 뿌리치고 갈 수도 없다. 그래도 남의 눈은 신경 쓰이니까 가까운 가지를 당겨 좋은지 나쁜지 보지도 않고 대충 꺾어서 던지고는 바삐 지나간다.

나막신 끈과 아련한 마음

빗속에 우산도 없는데 나막신 끈마저 끊어진다면 이보다 더 보기에 딱한 일이 없다. 미도리는 장지 안에서 유리창 너머를 멀리 바라보며 "어! 누군가 나막신 끈이 끊어진 사람이 있네. 어머니, 천 조각을 주고 와도 될까요?" 하고 묻고는 바느질 상자의 서랍에서 쪼글쪼글한 유젠(友仙) 천 조각을 꺼냈다. 그리고 마당에서 신는 신발을 신는 것도 귀찮아하며 달려 나가 툇마루의 양산을 쓰는 둥 마는 둥 하며 정원의 돌다리를 따라 급히 나왔다.

그것이 누구인지 안 순간 미도리는 얼굴이 달아오르고 큰일이라도 닥친 듯 심장이 빨리 뛰어서 남이 보지나 않을까 주변을 살폈다. 미도리가 머뭇머뭇 문 옆에 서자 휙 돌아본 신뇨는 아무 말도 못하고 겨드랑이에 식은땀이 나서 맨발로 도망치고 싶은 심정이다.

보통 때의 미도리라면 신뇨가 곤경에 빠진 꼴을 손가락질하며 '저런 겁쟁이!' 하고 한참을 비웃으며 있는 대로 악담을 퍼붓고는 '축제날 저녁에 쇼타에게 복수를 한다며 조키치 같은 애들한테 우리 놀이를 방해하게 하고 죄도 없는 산고를 패게 하고 너는 안전한 곳에서 내려다보며 지휘를 하셨겠다? 자 사과해. 뭐라고? 나를 창녀, 창녀 하며 조키치 따위에게 말하게 시킨 것도 너지? 창녀면 어때? 먼지 한 톨 너한테는 신세지지 않을 테니 나한테는 아버지도 있고 어머니도 있고 다이코쿠야의 어르신도 있고 언니도 있어. 너 같은 애송이 땡중 신세를 질 일은 없으니까, 쓸데없이 창녀, 창녀

하는 짓은 그만뒀으면 좋겠어. 할 말이 있으면 뒤에서 소곤소곤하지 말고 여기에서 말해 보란 말이야. 상대는 언제든지 해줄 테니 자, 뭐야?' 하면서 옷자락을 잡고 지껄여 댈 텐데 아무 말도 못 하고 격자문 뒤에 숨어 있다. 그래야 신뇨도 대들지 못할 텐데…. 달아나는 것도 아니고 그저 머뭇거리며 가슴만 팔딱이는 모습은 평소의 미도리답지 않았다.

머리 모양이 바뀐 미도리

인파에 밀려서 유곽 모퉁이에서 나오는데 건너편에서 유녀의 시중을 드는 아주머니와 함께 이야기를 하면서 오는 것을 보니, 틀림없이 다이코쿠 기방의 미도리였다. 정말 얼간이가 말한 대로 앳된 시마다(嶋田) 모양으로 머리를 올리고 꽃무늬로 염색한 천을 탐스럽게 매달아 비녀를 꽂고 꽃비녀를 늘어뜨리고 있다. 평소보다 훨씬 화려해서 언뜻 교토 인형처럼 보이는 것 같아 쇼타는 아무 말도 못하고 우두커니 선 채로 평소처럼 매달리지도 않고 보고 있다.

"어, 저기 쇼타가 있네" 하고 달려가며 "아줌마는 살 게 있으면 이제 여기에서 헤어져요. 난 쇼타와 함께 돌아갈게요. 안녕히 가세요" 하고 머리를 숙였다. 그러자 아주머니는 "아, 여기 미도리의 돈, 이제 배웅하지 않아도 되나요? 그럼 나는 교마치에서 장이나 봐야겠네요" 하며 총총히 연립 주택 골목길로 사라졌다. 쇼타가 비로소 미도리의 소매를 끌며 "잘 어울리네. 언제 올렸어? 오늘 아침이야? 어제야? 왜 일찍 보여주지 않았어" 하며 서운한 듯 응석을 부리자, 미도리는 풀이 죽어 무거운 입으로 "언니 방에서 오늘 아침에 묶어 줬어. 난 싫어서 견딜 수가 없어" 하며 고개를 떨구고 주위의 눈을 부끄러워했다.

어른이 되어 가는 아이들

미도리는 그날을 경계로 다시 태어난 듯한 행동거지를 보여 용무가 있을 때는 유곽의 언니한테 가지만 전혀 동네에서 놀지 않게 되었다. 친구들이 심심해하며 데리러 가면 조금 있다가 조금 있다가 하면서 빈말만 할 뿐 약속을 지키지 않았고, 그토록 사이가 좋았던 쇼타도 어색하게 대하며 언제나 부끄러운 듯이 얼굴을 붉혀 문구점에서 춤을 추던 활발한 모습은 두 번 다시 보기 힘들어졌다. 사람들은 이상해서 미도리가 병에 걸리기라도 했나 걱정했지만 어머니만은 미소를 지으며 "이제 곧 천방지축 본성을 드러낼 거예요. 이건 잠깐 휴식이라고 해야 할까" 하며 이유가 있는 듯이 말했다. 영문을 모르는 사람들은 짐작도 못 하고 여자답고 얌전해졌다고 칭찬하는 사람도 있고, 모처럼 재미난 아이였는데 망쳐 버렸다고 아쉬워하는 사람도 있다. 큰길은 갑자기 불이 꺼진 듯이 쓸쓸해져서 쇼타의 미성이 들리는 일도 드물다. 다만 밤마다 초롱불이 빛나는 것을 보면 일수를 받으러 다니는 것이 확실한데, 제방을 걷는 그림자는 너무나도 추워 보여 때때로 동행하는 산고로의 목소리만이 언제든 변함없이 익살스럽게 들렸다.

류게지절의 신뇨가 종파의 수행 뜰로 들어간다는 소문을 미도리
는 전혀 듣지 못했다. 예전 그대로의 성격을 잠시 감추고 요 며칠
동안에 일어난 이상한 현상에 내 몸이 내 몸 같지도 않고 단지 무엇
이든 부끄러울 뿐이었는데, 어느 서리 내린 아침에 조화로 된 수선
화를 격자문 밖에서 밀어 넣은 자가 있었다. 누가 한 일인지 알 도리
는 없었지만 미도리는 어쩐지 그리운 마음이 들어서 계단식 선반의
꽃병에 꽂아놓고 쓸쓸하고 청초한 모습을 바라보고 있었다. 그러다
문득 들은 소식은 그 다음 날이 신뇨가 승려학교에 들어가서 소매의
색이 잿빛이 된 바로 그날이었다는 이야기다.

근대 여성문학 2

: 단카 『헝클어진 머리칼(みだれ髮)』

[근대 신여성의 욕망과 투쟁: 요사노 아키코]

단카 시인 요사노 아키코(与謝野晶子, 1878~1942)는 오사카 사카이(堺) 시의 전통과자 가게의 셋째 딸로 태어났다. 유복한 환경에서 자랐으며 어릴 때부터 가업을 이어받아 상점을 경영했는데 이 체험이 결혼 이후 그가 주장했던 여성의 자립이라는 신념을 키웠다. 그는 가게를 운영하는 고된 일과 속에서도 일본문학과 역사에 관심을 가지고

그림 28. 요사노 아키코

『겐지 모노가타리』 등의 고전소설을 탐독하면서 자신의 내면세계를 넓혀갔다. 그러다가 형식, 수사법에 사로잡히지 않고 솔직하게 와카를 짓는 것이라면 자신도 할 수 있다는 생각으로 단카에 몰두했다. 20세부터 문학잡지에 와카를 투고하기 시작하다가 1899년 〈나니와(浪華) 청년문학회〉에 가입하고 새로운 단카를 짓기 시작하면서 본격적인 시인의 길을 걷기 시작했다.

1899년, 당시 유부남이던 단카 시인 요사노 뎃칸(与謝野鉄幹, 1873~1935)을 만나 사랑에 빠져 1년간 불륜 관계를 지속하다가 1년 뒤 뎃칸의 이혼과 더불어 정식 부부가 되었다. 문학소녀였던 아키코와 근대적 단카 혁신의 대표주자로서 최고의 인기를 자랑하던 뎃칸과의 만남과 불륜, 그리고 결혼은 당시 엄청난 스캔들이었다. 하지만 이에 아랑곳 않고 뎃칸은 같은 해 문학결사 신시사(新詩社)를 창설하고 기관지 『묘조(明星)』를 창간했고, 아키코는 이 잡지에 왕성하게 단카를 발표했다. 2년 후, 아키코는 그동안의 단카를 모아 『헝클어진 머리칼(みだれ髪)』(1901)을 출판했다. 이 단카집은 근대 신여성의 열정과 욕망, 그리고 투쟁을 관능미 넘치는 시로 노래하여 일약 세상의 주목을 받는 베스트셀러가 되었고, 아키코는 이로써 문단에서 낭만파 시인으로서의 부동의 지위를 획득했다.

아키코는 사회 문제에 매우 관심이 많았으며 적극적으로 발언했다. 1904년 9월에는 러일전쟁에 출전하는 남동생을 걱정하며 지은 장시 「님이여 죽지 말지어다(君死にたまふことなかれ)」를 발표했다. 이 시는 부국강병을 외치며 해외 진출을 꿈꾸던 근대일본을 비판했다는

이유로 국수주의자들의 맹렬한 비난을 받았다. 또한 여성운동가이며 평론가였던 히라쓰카 라이초(1886~1971)와 모권과 모성보호에 대해 격렬한 언쟁을 벌이기도 했다. 1921년에는 일본 최초의 남녀공학인 문화학원을 설립하여 남녀평등교육의 이상을 실현하기 위해 노력하는 한편, 남녀평등에 입각한 여

그림 29. 히라쓰카 라이초

성교육, 연애로 맺어지는 일부일처주의, 여성정치 참여 요구 등에 대한 글을 왕성하게 집필했다.

1942년 5월 협심증과 요독증의 합병증으로 세상을 떠나기까지 40여 년간 쉬지 않고 창작활동을 했던 그는 약 5만 수의 단카(24권의 단카집)와 15권의 여성론집, 시집, 고전소설 『겐지 모노가타리』의 현대어 번역, 동화 등 다채로운 작품을 남겼다.

[전통적 와카에 근대적 새 생명을 불어넣은 단카집
: 『헝클어진 머리칼』]

1902년 8월 15일에 출판된 요사노 아키코의 첫 번째 단카집 『헝클어진 머리칼』은 출판과 동시에 베스트셀러가 되었다. 이 책은 베드신을 연상시키는 '헝클어진 머리칼(みだれ髮)'이라는 제목부터 국가적 엄숙주의와 낭만주의가 공존하던 20세기 초 일본문화계에 파문을 일으켰다.

그림 30. 『헝클어진 머리칼』(1902) 초판 표지

아키코는 그의 스승이자 남편인 요사노 뎃칸과의 연애와 갈등, 성애 체험, 성적 해방감 등을 고백하듯이 표현한 339수의 단카를 이 단카집에 수록했다. 그는 봉건적 인습이 여전히 뿌리 깊게 남아 있던 세간의 시선에 굴하지 않고 자유연애에 대한 여성의 긍정적 의지와 감정을 아름다우면서도 파격적인 단카로 읊어냈다. 이로써 그는 '참신한 성조(声調)와 기발한 사상을 노래해 문단의 적요(寂寥)를 깨트린 시단 혁신의 선구자'라는 평가를 받으며 일약 문단의 스타로 등극했다.

한편 아키코는 이 단카집을 「연지보라(臙脂紫)」, 「연꽃 배(蓮の花船)」, 「흰 백합(白百合)」, 「스무 살 아내(はたち妻)」, 「무희(舞姬)」, 「봄 생각(春思)」 등 여섯 개의 장으로 구성했는데, 이는 기존 단카집들의 편년체적인 구성과 달랐다. 그는 각 단카의 창작 당시 상황과는 상관없이 각 장별 유기적인 구성을 통해 작품의 다양한 해석이 가능하도록 했다. 그리고 책 디자인도 획기적이었다. 수첩 크기의 조그맣고 세로로 긴 판형에 아름다운 표지는 새로운 시도로 큰 인기를 끌었다.

　여성사적 측면에서 보면, 요사노 아키코는 10세기 후반 당대 최고 권력자의 아내로서 사랑의 기쁨과 슬픔, 결혼생활의 내막을 일기로 썼던 『가게로 일기』의 계보를 잇고 있다. 그의 시집은 출판 당시 기성 가단의 원로들과 교육자들로부터 '매춘부의 시'라는 극단적인 비난과 혹평을 받았는데, 동시에 당대의 일본 젊은이들로부터는 열광적 극찬을 받았다. 그들이 아키코의 단카에 열광했던 것은 자아해방과 자기표출을 추구하는 새로운 여성의 목소리가 대중의 무의식적 욕구를 대변했기 때문일 것이다. 전통적인 와카가 오랫동안 기품 있고 우아한 세계관을 구축해 온 데 비해, 아키코의 단카에 사용된 파격적 소재와 강렬한 시어는 수위가 높았고 당대의 여성관이나 도덕관, 미의식과는 거리가 먼 낯선 것이었다. 하지만 문란하고 부도덕하다는 비난에도 아키코의 명성은 높아졌다. 『헝클어진 머리칼』은 여성의 감정을 봉건적 사상의 억압에서 해방시키는 동시에 틀에 갇혀 있던 와카에 새로운 활기를 불어넣었던 것이다.

[찬사와 비난이 쏟아졌던 관능시: 『헝클어진 머리칼』 읽기]

밤의 커튼 속

속삭이며 지새는 별들의 사랑

그 아래 인간들의 헝클어진 머리여

夜の帳に ささめき尽きし 星の今を 下界の人の 鬢のよ

시에 물으리

들녘 붉은 꽃 누가 아니라 할까

감미롭구나 봄날 죄 많은 이 몸

歌にきけな 誰れ野の花に 紅き否む おもむきあるかな 春罪もつ子

까만 긴 머리

물에 담가 펼치면 부드러워라

여린 소녀 마음만은 풀어놓지 않으리

髪五尺 ときなば水に やはらかき 少女ごころは 秘めて放たじ

피 끓는 사랑

겹겹이 쌓이는 하룻밤의 꿈

봄날을 가는 이여 신의 뜻 멸시 마오

血ぞもゆる かさむひと夜の 夢のやど 春を行く人 神おとしめな

그 아이 스무살

빗살 사이 흐르는 까만 머리칼

일렁이는 봄날이 아름다워라

その子二十 櫛にながるる 黒髪の おごりの春の うつくしきかな

이제 갈거야

또 보자 하시던 밤의 신(神)님

그의 옷깃 만지며 머리칼 젖어들었네

今はゆかむ さらばと云ひし 夜の神の 御裾さはりて わが髪ぬれぬ

부드러운 살결

뜨거운 피를 만져보지도 않고

쓸쓸하지 않은지요 도리(道理)를 말씀하시는 님이시여

やは肌のあつき血汐にふれも見でさびしからずや道を説く君

헝클어진 마음

망설이는 이 마음 그칠 길 없어

백합 밟는 그분께 젖가슴 가릴 수 없네

みだれごこち まどひごこちぞ 頻なる 百合ふむ神に 乳おほひあへず

봄은 짧은데

불멸의 생명이 대체 뭐란 말인가

부푼 내 젖가슴 만지게 하였네
春みじかし 何に不滅の 命ぞと ちからある乳を 手にさぐらせぬ

진홍빛 장미
겹겹의 꽃잎 같은 나의 입술로
영혼의 향기 없는 시는 읊지 않으리
くれなゐの 薔薇のかさねの 唇に 霊の香のなき 歌のせますな

헝클어진 머리
다시 빗어 올리고 맞이한 아침
좀 더 자라 말하는 님 흔들어 깨웠네
みだれ髪を 京の島田に かへし朝 ふしてゐませの 君ゆりおこす

젖가슴 누르고
신비한 장막 살짝 발로 차면
여기에 서 있는 나는 짙붉은 꽃잎
乳ぶさおさへ 神秘のとばり そとけりぬ ここなる花の 紅ぞ濃き

그렇다곤 해도
당신과 어제 나눈 달콤한 이야기
왼쪽 베개 비어 있는 쓸쓸한 밤이여
さはいへど 君が昨日の 恋がたり ひだり枕の 切なき夜半よ

호기심 속에

싱싱한 그 입술에 살짝 대보니

차가워라 연꽃 위 이슬 같구나

こころみに わかき唇 ふれて見れば 冷かなるよ しら蓮の露

바로 옆방의

덧문을 살짝 여는 나에게 묻네

가을밤 어땠는지 길었는지 짧았는지

次のまの あま戸そとくる われをよびて 秋の夜いかに 長きみぢかき

해가 저물고

벚꽃 아래 숨어드는 새끼 여우의

솜털을 흔드는 교토 북사가(北嵯峨)의 종소리

夕ぐれを 花にかくるる 小狐の にこ毛にひびく 北嵯峨の鐘

교토의 산에서

홍매화 백매화 우리 두 사람

같은 꿈을 꾸었던 봄날 청춘이었네

京の山の こぞめしら梅 人ふたり おなじ夢みし 春と知りたまへ

교토 남쪽의

연지 가게 문을 나서는 남자

그 모습 귀엽구나 봄밤 달빛 아래

下京や 紅屋が門を くぐりたる 男かはゆし 春の夜の月

까만 머리칼

천 갈래로 갈래갈래 헝클어진 머리칼

이 마음은 헝클어지고 또 헝클어지고

くろ髪の 千すぢの髪の みだれ髪 かつおもひみだれ おもひみだるる

교토의 시조(四条)

하얗게 분칠한 다리 위 무희의

이마를 살짝 치는 해질녘 싸락눈

四条橋 おしろいあつき 舞姫の ぬかささやかに 撲つ夕あられ

목욕한 후에

감기라도 걸릴까 입혀드린 내 겉옷

연지보라의 그이 더욱 아름답구나

湯あがりを 御風めすなの わが上衣 ゑんじむらさき 人うつくしき

불타는 입술엔

손가락을 깨물어서 바르라 말하던 이

그의 새끼손가락 피는 다 말라버렸네

もゆる口に なにを含まむ ぬれといひし 人のをゆびの血は 涸れはてぬ

근대 여성문학 3

: 소설 『생혈(生血)』

[여성의 자아와 반항의 절규: 다무라 도시코]

다무라 도시코(田村俊子, 1884~1945)
는 도쿄 아사쿠사에서 부유한 쌀가게
의 장녀로 태어났으며, 본명은 사토 도
시코(佐藤俊子)이다. 도시코의 어머니
는 데릴사위였던 도시코의 아버지를
싫어했고 연극을 좋아해 재산을 탕진
했다. 도시코는 이런 어머니의 자유분
방함을 그대로 물려받아 여성에게 당
연시 되었던 의무와 헌신을 거부했다.

그림 31. 다무라 도시코

일본여자대학에 입학해 당시 여성으로서는 최고의 교육을 받았지만, 건강문제로 한 학기 만에 중퇴했다. 이후 소설가인 고다 로한(幸田露伴, 1867~1947) 문하에서 문학 수업을 받았지만 곧 그만 두고 배우에 도전하는 등 다양한 자기실현의 길을 모색하기도 했다.

그러던 중 1911년 여성 동성애를 그린 소설 『단념(あきらめ)』이 『오사카 마이니치신문(大阪每日新聞)』에 당선되었고, 같은 해 『세이토』의 창간호에 『생혈(生血)』을 싣게 된다. 이후 『포락의 형벌(炮烙の刑)』(1914), 『그녀의 생활(彼女の生活)』(1915) 등 근대적인 감성이 번득이는 작품을 계속 써 나갔다. 도시코는 다이쇼시대 초기 발표하는 작품마다 호평을 받았고, 최초로 성공한 여성 전업작가였다.

그러나 1909년 결혼했던 다무라 쇼교(田村松魚, 1874~1948)와 1918년에 이혼하고 연인 관계였던 스즈키 에쓰(鈴木悦, 1886~1933)와 함께 캐나다로 가서 생활하다가 1933년 스즈키 에쓰가 세상을 떠나자 방황을 거듭하게 된다. 1936년 귀국하여 사토 도시코라는 결혼 전 본명으로 평론, 에세이, 소설 등을 발표하지만 전성기 때만큼 빛을 보지는 못한다. 나중에 후배의 남편과 불륜사건을 일으키고 상해로 건너가 중국어 잡지 『여성(女声)』을 발간했지만 큰 성과를 거두지 못하고 1945년 중국에서 세상을 떠났다.

[20세기 초기 남녀의 상극: 『생혈』]

『생혈』은 일본 여성운동의 출발점이라고도 할 수 있는 『세이토』 창간호에 실렸다. 이 소설은 당시 사회 통념상 쉽사리 말할 수 없었던 처녀성과 정조관념을 주제로 여성의 성과 주체성을 다뤘다. 20세기 초반, 일본 근대의 중반에 이르자 '신여성'이라는 말이 생겨나고 '자유연애'가 도입되기 시작했지만, 여성의 정조에 관해 여전히 전근대적인 사고가 남아 있었다. 이를테면 여성이 스스로 선택한 상대와 연애하고 결혼하는 것은 어느 정도 수용되기 시작했지만 결혼 전 남녀의 정조관념에 대한 인식차이는 크게 바뀌지 않았던 것이다.

『생혈』의 도입부에서 초반 주인공 유코는 사회의 비난에 대항하듯 남자와의 정사를 연상시키는 금붕어를 찔러 죽인다. 이는 자신을 비난의 대상으로 만든 남자에 대한 적개심과 강박관념을 공격적으로 표현한 것으로 볼 수 있지만, 금붕어는 단순히 한 사람의 남자, 즉 아키지의 이미지일 뿐 아니라 여성에게 정조를 강요하는 사회집단으로 해석할 수도 있다.

다무라 도시코는 금붕어, 박쥐 등의 상징적인 이미지를 통해, 독자들이 유코의 심리 상태를 시각적, 후각적으로 느끼고 짐작할 수 있도록 묘사하고 있다. 또한 유코가 주변인의 시선을 의식하는 모습을 통해 여성들이 단지 하룻밤 성경험에 의해 불안과 자기혐오를 느끼는 것이 아니라 사회구조적으로 오랫동안 일본사회에 깔려 있던 남성과 여성의 성의식 차이가 근저에 깔려 있음을 보여준다.

이렇듯 다무라 도시코는 남녀 간의 정조관념 차이와 여성의 자기혐오를 다룸으로써 '서로 이해할 수 없고 섞일 수도 없는 남녀 상극'이라는 테마를 그려냈다.

[남성과 여성의 정조 인식 차이: 『생혈』 읽기]

금붕어를 죽이는 유코

아키지는 조용히 세수를 하러 갔다. 유코는 그 소리를 들으며 멍하니 툇마루에 섰다. 자줏빛이 도는 감색의 쪼글쪼글한 비단으로 짠 홑옷 자락이 발꿈치를 감싸고 발끝을 따라 움푹 들어가 흘러내렸다. 어젯밤 잘 때 덮었던 얇은 이불이 아직 다 벗겨지지 않은 듯한 하늘빛 아래로 붉은 꽃 흰 꽃이 정원 구석구석 피어 눈꺼풀을 무겁게 한다. 유코는 툇마루에서 한 발짝 내딛었다. 젖은 땅에서 불어오는 비단결 같은 바람이 유코의 발바닥을 살며시 어루만지고 지나간다. 유코는 발치에 있는 어항을 바라보았다. 유코는 문득 흥이 난 것 같은 얼굴로 거기 웅크리고 앉아서

"베니시보리(*연지색 홀치기)."

"히가노코(*진홍색에 흰 얼룩)."

"아케보노(*새벽)."

"아라레고몬(*진눈깨비 무늬)."

하나하나 손가락으로 가리키면서 금붕어에게 이름을 붙였다. 동틀 녘, 내려앉은 하늘 빛 위에 은박을 떨어뜨린 것 같은 흰 빛이 어항 수면 위로 흩어졌다. 진홍색 흰 얼룩 금붕어가 유유히 물살을 가르며 달아났다.

유코는 어항 옆에 나란히 있던 보라색 시네라리아꽃을 한 송이 꺾어 물속으로 떨어뜨렸다. 아직 이름을 지어주지 않은 새빨간 금붕어에게 꽃잎이 닿자 놀랐는지 곧 큰 꼬리지느러미를 흔들며 바닥 쪽으로 헤엄쳐 가버린다. 은박이 반짝거리며 어지러이 흔들렸다.

유코는 무릎을 세워 왼쪽 팔을 얹고 그 위에 오른쪽 팔꿈치를 걸쳐 손바닥으로 이마를 눌렀다. 처진 머리 무게를 못 이길 것처럼 유약해 보이는 손목이었다. 엄지손가락이 눈꼬리 쪽에 닿아 눈이 매섭게 치켜 올라갔다.

붉은색의 쪼글쪼글한 비단으로 된 모기장 자락을 물고 여자가 울고 있다. 남자는 바람에 흔들거리는 이요 지방의 발을 어깨로 맞으며 창밖 너머 아직 등불이 켜져 있는 건물들을 내다보았다. 남자는 홀연히 웃었다. 그리고 말했다. "어쩔 수 없잖아?"

비릿한 금붕어 냄새가 스멀스멀 코끝을 스쳤다.

유코는 무슨 냄새인지 알지도 못한 채 가만히 냄새를 맡았다. 계속, 계속 맡았다.

'남자 냄새.'

문득 그렇게 생각하자 유코는 소름이 끼쳤다. 손끝에서 발끝까지 찌릿거리며 떨렸다.

'싫어, 싫어, 싫어.'

칼을 들고 무언가에 맞서고 싶은 심정—어젯밤부터 이런 마음이 들어 몇 번이나 자기 몸을 쥐어뜯었을까—. 유코는 어항 속에 한쪽 손을 쑥 집어넣고 밉살스러운 금붕어를 움켜쥐었다.

'눈을 쑤셔 줄 거야'라고 생각했다. 속옷 옷깃을 여미 놓은 금색 핀을 빼내고 움켜잡은 금붕어를 물에서 건져냈다. 백금 선이 흐트러지듯 유리 어항의 물이 출렁거렸다. 깨알같이 작은 눈알을 겨누어 핀으로 찌르자 금붕어는 정확히 손목 부근에서 꼬리지느러미를 퍼득거렸다. 비린내 나는 물방울이 유코의 연보라색 허리띠에 튀었다. 금붕어를 너무 깊숙이 찌른 나머지 유코는 제 검지까지 함께 찔렀다. 손톱 끝에 루비 같은 작은 핏방울이 동그랗게 부풀어 올랐다.

금붕어 비늘이 푸르스름하게 빛났다. 붉은 얼룩무늬가 말라 윤기가 사라졌다. 금붕어는 위를 향해 입을 뻐끔 벌리고 죽어 있었다. 꽃무늬 부채를 펼쳐놓은 듯한 꼬리지느러미가 접혀 시들시들 축 늘어졌다.

유코는 금붕어를 잠시 들어 올려 살펴보다가 이내 정원으로 내던졌다. 정확히 징검돌 위에 떨어진 금붕어 사체 쪽으로 순간 새벽빛이 희끄무레하게 금붕어를 감쌌다가 퍼지며 사방으로 흩어졌다.

유코는 객실로 다시 들어갔다. 아직 꺼지지 않은 채 있던 전등 빛이 엷은 주황색으로 방안 가득히 반사되어 유코의 이마를 달궜다. 유코는 창 아래에 있는 커다란 전신거울 앞에 바싹 붙어 앉아 상처 난 검지를 입에 물었다. 주르르 두 눈에 눈물이 넘쳐흘렀다. 유코는 소매에 얼굴을 묻고 울었다. 울고 또 울어도 슬픔이 가시질 않았다. 하지만 그리운 사람의 가슴에 자신의 뺨을 파묻고 있을 때 같은, 그런 아주 달콤한 눈물이 뺨에 흘렀다.

'손가락을 입에 넣는 지금 바로 이 순간, 손가락으로 내 입술의 온기를 느꼈어. 그게 도대체 왜 이렇게 슬플까.'

유코는 그렇게 생각하면서 흐느껴 울었다. 얼마든지 울 수 있다. 너무 많이 울어서 숨이 끊어지지 않을까, 숨이 끊어지도록 눈물이 나는 것은 아닐까 생각될 정도였다. 울 만큼 울고, 눈물이 날 만큼 나서, 연꽃에 감싸여 잠들 듯, 꽃잎에 맺힌 이슬에 숨이 막혀 죽게 된다면 얼마나 기쁠지 모를 일이었다. 눈물의 뜨거움! 설령 화상을 입을 정도로 뜨거운 눈물로 몸을 씻는다 해도 자신의 몸은 원래대로 돌아오지 않는다. 더 이상 예전으로 돌아갈 수가 없다.

유코는 입술을 깨물면서 돌연 얼굴을 들어 거울을 들여다보았다. 거울의 빛은 형체를 뚜렷하게 비춘 채 흔들리지 않는다. 자줏빛이 감도는 푸른색 옷의 무르팍이 헤어져서 붉은 부분이 보이고 있었다. 유코는 그것을 물끄러미 바라보았다. 그 비단 한 겹 밑의 자신의 피부를 생각했다.

'모공에 한 땀 한 땀 바늘을 찔러 넣어 살을 한 겹씩 섬세하게 도려내어도 나에게 한 번 침투한 더러움은 깎아낼 수 없다.'

세수하러 간 아키지가 수건을 들고 방으로 돌아왔다. 유코를 보자 아무 말 없이 옆방으로 갔다. 어느새 여종업원이 들어갔는지, 여자와 이야기를 나누는 아키지의 목소리가 들렸다.

유코의 고뇌

두 사람은 불당 앞 돌계단에서 내려왔다. 그늘이 전혀 없는 햇빛이 내리쬐는 거리는 온통 뜨거워진 등판에 데워진 듯, 바라다보는 눈길도 내뱉는 숨결도 고통스럽다. 유코는 양산을 낮게 썼다.

'이제 헤어져야 하는데. 이제는 헤어져야만 하는데.'

유코는 몇 번이고 그렇게 생각했다. 남자와 헤어져서 어젯밤 일을 홀로 곱씹어야 한다는 조바심이 들었다. 하지만 유코는 도저히 남자에게 먼저 말을 꺼낼 수 없었다. 두 손 두 발 모두 쇠사슬에 묶인 것처럼 몸이 조금도 자유롭지 않았다.

'내게 유린당한 여자가 떨고 있어. 말 한마디 없이 폭염 속에서 여기저기 나를 따라다니는군. 저 여자는 도대체 어디까지 따라 올 셈일까?'

유코는 문득 말 없는 남자가 이런 생각을 하고 있는 것은 아닐까 걱정이 됐다. 유코는 이마에 흐르는 땀을 살짝 닦았다.

좀 전의 어린 게이샤처럼 보이던 여자아이가 두 사람을 지나쳐 빠른 걸음으로 걸어갔다. 그림이 그려진 붉은 양산을 쓰고 고개를 숙이고 있다. 아래로 당겨진 깃고대 덕분에 가느다란 목덜미가 투명하고 하얗게 보였다. 거친 화살깃 무늬의 얇은 감색 견직물로 된 옷자락이 여자아이가 걸을 때마다 새하얀 발에 감겼다 풀리고 감겼다 풀렸다. 보라색 하카타 오비(博多帯)*가 야무지게 위로 향해 있었다.

얇고 긴 소매가 끌릴 듯이 걸어가는 아름답고 앳된 여자아이의 모습을 유코는 강렬히 내리쬐는 햇살 아래에서 물끄러미 바라보았다. 그리고 부러웠다. 어젯밤의 일을 겪은 육체를 폭염에 노출시킨 채 걸어가는 자신이 햇볕 아래에서 썩어가는 물고기 같았다. 악취가 풍기는 것만 같았다. 유코는 누군가가 자신의 몸을 잡아 내동댕이쳐주었으면 하는 생각이 들었다. 두 사람은 말없이 걸어갔다. 넓은 길이 끝나자 좁은 뒷길 쪽으로 꺾었다. (…중략…) 사람들이 힐끔힐끔 두 사람을 쳐다보았다. 아키지는 그 시선이 불쾌하다는 듯 눈길을 피했다. 유코는 그런 비열한 표정으로 자신들을 보고 지나가는 사람과 자신이 별 다를 바 없다는 생각이 들었다. 엿보고 싶어하면 보고 싶어하는 만큼 보여주면 그만이었다. 어차피 자신은 그 사람들에게는 흔하디흔한, 부패하는 몸뚱이를 지닌 인간에 지나지 않았다.

곡예를 보고 돌아가는 두 사람

곡예를 하는 여자아이는 발 위에 통을 여러 개 쌓아올리고 그 위에 빗물받이를 올렸다. 남자아이가 빗물받이 안에서 물로 재주를 보여줬고 다른 아이들 몇 명이 비슷한 곡예를 돌아가면서 계속했다. 유코는 지루함에 지쳐 자기 몸이 땀 속으로 녹아 들어갈 것 같았다.

---

* 하카타에서 나는 직물, 하카타오리(博多織)로 만든 기모노 허리띠. 날실에는 겹 꼬임실을 치밀하게 하고 씨실에는 굵은 실을 사용한 평직으로 단단한 느낌을 주는 천이다.

'나한테는 슬퍼해야만 하는 일이 있는데…'라고 생각하는 동시에 '어떻게든 돼. 어떻게든 될 거야'라고 말하고 싶은 심정이었다. '아무리 우울해도 그 끝에는 역시 사람 그림자가 보이는 법이야'라고 생각한 유코는 가건물 안에 있는 사람들이 정겨웠다. 엷은 노란색 공단의 남자 하카마, 그 모습이 유코의 눈앞에서 떠나지 않았다.

아키지는 같은 곡예가 반복되는데도 돌아가자고 하지 않았다. 그리고 유코도 이곳에서 떠나고 싶지 않았다. 모처럼 어두운 보금자리를 찾았는데 다시 밝은 빛을 정면으로 받는 것은 괴로웠다. 언제까지고, 밤이 될 때까지 있을 수만 있다면 기꺼이 있고 싶었다. 유코는 높은 곳에 걸터앉아 생각할 힘도 없이 그저 멍하니 반쯤 졸고 있었다.

찌는 듯 무덥고 악취가 나는 공기가 이따금 유코의 몸을 어루만지고 간다. 짝짝짝 하고 드문드문 힘없는 박수 소리가 아래쪽에서 났다. 그때 유코는 돌연 가까이에서 파닥파닥 하는 날개짓 소리를 들었다. 힘이 풀려 있던 눈꺼풀이 확실히 떠진 기분이 들었다. 결국 유코는 자리에서 일어나 뒤쪽을 둘러보았지만 아무것도 보이지 않았다.

유코는 등을 돌려 거무스름해진 낡은 기둥 쪽 때가 타 더러워진 돗자리를 가만히 보았다. 문득 그 뒤 벽에 붙인 판자에 큰 물고기 지느러미 같은 검은 물체가 움직이는 것이 보였다. 유코는 가만히 움직임을 바라보았다. 그 검은 물체가 움직이지 않게 되자 유코는 부채로 그것을 눌러 보았다. 부채로 끌어내자 검은 것이 판자 밖으로 점점 끌려 나왔다. 한 자 정도 끌었을 때 윤곽을 보고 그것이 박쥐의 한 쪽 날개라는 것을 깨달았다.

유코는 부채를 툭 떨어뜨렸다. 그리고 황급히 아키지의 옆으로 갔지만 아키지는 눈치 채지 못했다. 유코는 몸속의 피가 얼어붙을 것 같았다. 다시 한번 판자 쪽을 뒤돌아보았지만 이미 검은 날개는 보이지 않았다. 옆쪽 벽 틈새로 노란 석양이 흘러들어오고 있었다.

두 사람은 가건물을 나섰다. 벌써 시원한 흰색 유카타 차림의 사람들의 물 속 같은 서늘한 그림자가 보이는 저녁 무렵이 되어 있었다. 아키지는 역시 말없이 걸었다. 유코는 현기증이 날 정도로 배가 고프다는 것을 알아차렸다. '남자에게 말하지 않고 중간에서 헤어져야지.' 그렇게 생각하면서 무릎 뒤편으로 땀에 젖은 옷이 끈적끈적하게 닿아 불쾌해서 견딜 수가 없었다.

'이 여자는 어디까지 따라올 셈일까.'

남자에게서 그런 낌새가 보이는 것 같다고 유코가 생각했을 때 아키지가 말했다.

"뭐 좀 먹지."

"저는 그냥 갈래요."

"간다고?"

"네."

남자는 또 말없이 걸었다. 두 사람은 연못 다리를 건너 언덕길을 올라가 그곳 구석에 있는 얼음 가게 의자에 도망치듯 걸터앉았다. 두 사람 앞에는 더위를 식히려고 물을 뿌린 정원수가 있었다. 정원

수에서 물방울이 떨어지고 있었다. 두 사람은 오랫동안 그 자리에서 움직이지 않았다.

해 질 녘이 되어 목욕을 마친 사람들이 새 유카타로 갈아입고 벌써 이쪽저쪽을 거닐고 있었다. 두 사람은 하루 종일 땀을 흘려 피곤한 몸을 이끌고 인왕문에서 우마미치 쪽으로 갔다. 두 사람은 강가를 걸어 자갈밭에서 땅거미가 내려앉은 스미다강을 바라보았다.

유코는 이제 남자가 자신의 몸을 끌어안고 어딘가로 데려가주면 좋겠다고 생각하며 자갈 밭 말뚝에 기대었다.

'박쥐가 연노란색 공단 남자 하카마를 뚫고 여자아이의 생혈을 빨고 있다. 생혈을 빨고 있다.'

그때 남자가 손을 잡자 유코는 깜짝 놀랐다. 그때 검지 끝에 말아 놓은 종이가 어느 샌가 없어진 것을 알았다. 비린내가 물씬 풍겼다.

근대 여성문학 4

: 소설 『노부코(伸子)』

[최후의 최후까지 신념을 관철시키다: 미야모토 유리코]

프롤레타리아문학 소설가이자 문예 평론가인 미야모토 유리코(宮本百合子, 1899~1951)는 도쿄 출생으로 유명한 건축가 주조 세이치로(中條精一郎, 1868~1936)의 딸로 태어났다.

1916년 9월, 18세 때 쓰보우치 쇼요의 추천으로 『중앙공론(中央公論)』에 유년시절 경험했던 일을 토대로 쓴 소설 『가난한 사람들의 무리(貧しき人々の

그림 32. 미야모토 유리코

群)』를 게재하여 좋은 평가를 받았다. 이후 1918년 미국 유학에서 만난 아라키 시게루(荒木茂, 1884~1932)와 결혼했으나 1924년 이혼했다. 그는 이 경험을 바탕으로 한 장편소설 『노부코(伸子)』(1924~1926)를 집필했는데, 결혼생활에 대해 새로운 인식을 보여준 작품이다.

유리코는 1930년 32세 때 2년 동안의 소련 유학을 마치고 귀국한 후 〈일본프롤레타리아동맹〉에 가입하여 활동했고 1931년 가을에는 비합법 상태였던 일본 공산당에 입당했다. 1932년 2월에 정치가이자 문예평론가인 미야모토 겐지(宮本顕治, 1908~2007)와 결혼하지만, 1933년 겐지가 프롤레타리아 활동의 탄압대상이 되어 투옥되는 바람에 실질적인 부부생활은 짧았다.

유리코는 남편의 옥바라지를 하면서 집필활동을 계속했는데, 이 때의 경험을 토대로 해서 소설 『유방(乳房)』(1935)을 썼다. 유리코 본인도 작품활동 때문에 검거와 석방을 되풀이 했고 1938년 1월부터 이듬해 봄까지 집필 금지를 당하면서도 포기하지 않고 집필활동을 계속해 나간다. 패전 후 1945년 10월, 남편 겐지가 12년만에 출옥을 했고, 나중에 이들 부부가 12년 동안 주고받았던 900통의 편지 중 일부를 선별한 서간집 『12년간의 편지(十二年の手紙)』(1951)를 출판했다.

여성사적 측면에서 보면, 미야모토 유리코는 보기 드문 투사였다. 이른바 일본 근대의 15년 전쟁 시기, 만주사변(1931)과 중일전쟁(1937~1939), 태평양전쟁(1931~1945) 등 '일본제국'이 침략전쟁을 치르는 동안 많은 프롤레타리아 작가들이 전향했지만, 그는 끝까지

저항했고 전향작가들을 통렬하게 비판했다. 정치적 활동 때문에 수 차례 집필 금지를 당하고 12년간 남편의 옥바라지를 하는 등 굴곡을 겪으면서도 조금도 신념을 굽히지 않고 활발히 집필활동을 이어갔다.

패전 후 공산당 활동을 재개할 수 있게 되자 열정적으로 사회운 동과 집필운동에 힘을 쏟았고 이때 『반슈평야(播州平野)』(1947), 『도 표(道標)』(1950) 등을 남겼으며, 1951년 1월 21일 급작스럽게 급성 수막염균 패혈증으로 사망했다. 생전 신념을 위해 격렬하게 투쟁했 던 그는 사후 프롤레타리아 문학의 일인자로서 더욱 높은 명성을 얻었다.

[일본 근대 여성의 자각: 『노부코』]

『노부코』는 미야모토 유리코가 사회주의 종합잡지 『개조(改造)』 에 1924~1926년에 걸쳐 연재했던 소설을 정리해 1928년에 출판한 작품이다. 이 소설은 작가 자신의 연애, 결혼, 이혼에 이르는 실제 경험을 토대로 하여 중상류층 가정의 모습을 그린 자전적 소설이다.

주인공 노부코는 결혼 후에도 아기를 낳지 않겠다는 것과 일을 계속하겠다는 요구에 동의하는 쓰쿠다의 배려에 마음이 끌려 주위 의 반대를 무릅쓰고 결혼한다. 그러나 결국 단조로운 결혼생활을 참지 못한 노부코는 인간답게 살고 싶다는 욕망과 독립적으로 일하 고 싶다는 욕망으로 남편과의 이혼을 결심한다.

이렇듯 소설 속에서 노부코가 여성의 자립, 여성의 삶에 의문을 제기하며 답을 찾고자 하는 모습은 당대의 여성들에게 공감을 불러 일으켰다. 20세기 중반에 활약했던 유리코는 당시로서는 매우 드물게 러시아와 미국에 유학하여 선진문물을 직접 체험하였던 만큼 다른 여성작가들보다 여성의 삶에 대한 인식과 의식 전환이 앞서 있었다. 가부장적인 제도에 얽매인 강압적인 결혼생활에서 남편의 성공을 위해 내조하는 여성이 겪는 고립과 고독은 당연하게 여겨졌던 시절, 미야모토 유리코는 스스로 선택한 결혼이라도 여성만의 고립이 있다는 자신의 체험을 주인공 노부코의 내면세계를 통해 그려냈다.

근대의 여성들에게 결혼은 다른 어떤 문제보다 가깝고 현실적인 문제였다. 1917년에 발표된 다무라 도시코의 『그녀의 생활』도 자신의 실체험을 바탕으로 근대여성들이 겪는 이상(理想)과 결혼생활의 괴리, 결혼제도의 부조리함을 비판한 바 있다. 두 소설은 흡사하면서도 다른 점을 보인다. 『그녀의 생활』은 결혼생활의 괴로움을 『노부코』보다 더 적나라하고 현실적인 문제로 다루고 있지만 사랑으로 이야기를 귀결시킨 반면, 『노부코』는 현실적인 좌절이나 남편의 방해 때문이 아닌 그저 자아찾기와 해방을 위해 이혼을 선택하는 결말을 맞이한다. 『노부코』는 『그녀의 생활』과 더불어 일본 여성문학사에서 페미니즘 비평과 젠더연구라는 시점에서 중요한 작품이라는 평가를 받고 있다.

[근대 '엘리트 여성'의 결혼생활과 좌절: 『노부코』 읽기]

노부코의 고백

"이 일은 제멋대로 결정한 것이지만 당신은 자기 부인이 가정일에 서툴고 공부만 해도 괜찮으신가요? 난 정말 당신을 사랑해요. 하지만 일도 당신만큼 사랑해요. 이 문제는 말로 하면 아무것도 아닌 것 같지만 우리가 만약 함께 생활하게 된다면 굉장히 중요한 문제라고 생각해요, 나는."

노부코는 용기를 잃지 않으려고 쓰쿠다의 팔을 힘껏 잡아당겨 끌어안으며 말했다.

"아무래도 당신을 만나기 전으로 되돌아갈 수는 없어요. 그러니까 큰 맘 먹고 사랑을 키워나가기로 했어요. 그래도 일은 포기 못해요. 그것만은 절대 불가능해요. 평생 변변한 일을 할 수 없을지도 모르죠. 그래도 그만 둘 수는 없어요. 만일 일을 그만두어야 한다면… 나는… 헤어질 수밖에 없어요."

노부코는 입술을 깨물며 간신히 눈물을 삼켰다. 쓰쿠다는 온몸으로 의심을 풀어 보이겠다는 듯이 딱 잘라 말했다.

"그런 걱정은 할 필요 없어요. 당신이 일을 얼마나 중요하게 생각하는지 잘 알아요. 당신을 사랑하는 사람이 어떻게 일을 포기하라는 말을 하겠어요. 나는 나를 버려서라도 당신을 완성시키고 싶다고 생각할 정도입니다. 난 결코 가정부를 구하는 것이 아니에요… 난

애초에 뭐든 자기 일을 가진 여자를 도와 훌륭하게 만들고 싶다는 생각을 하고 있었지만 그럴 능력이 없어서 유감일 뿐이에요."

노부코는 기쁜 나머지 거기에 우뚝 섰다.

"정말로 그렇게 생각해요?"

"정말입니다. 두고 보세요."

쓰쿠다도 일어서서 자신의 두 손으로 노부코의 양손을 쥐고 얼굴을 그녀 쪽으로 가져갔다.

"나를 보세요. 거짓말은 안 합니다."

"고마워요. 정말 고마워요!"

노부코는 눈물을 머금고 맞잡은 두 손을 강하게 흔들었다.

"정말로 고마워요. 너무나 기뻐요. 당신이 이해해줘서 고마워요. 아, 정말 고마워요."

노부코의 제안

노부코는 어색하게 말을 꺼냈다.

"아직 하나, 중요한 일이 남았어요."

"무엇입니까?"

"……."

노부코는 말하기를 주저했다.

"말해 봐요."

"아이에 관해서요."

"알고 있습니다."

"어떤 식으로요?"

이번엔 쓰쿠다가 주저했다.

"요컨대…."

"나는 기쁜 마음으로 좋은 환경에서 아이를 키울 수 없다면 아이든 부모든 결코 행복하지 않을 거라고 생각해요. 당신도 그렇게 생각하나요?"

"그렇습니다. 일도 있고요…."

"무엇보다도 우리 둘이 겨우 생활할 정도잖아요. 만족할 만한 교육도 시킬 수 없는 부모가 되긴 싫어요. 그리고… 나 왠지 좋은 엄마가 될 수 없을 것 같다는 생각을 늘 해요."

노부코는 낮은 목소리로 말했다.

"남자들이 이런 두려움을 알까요…? 두려워서 견딜 수 없을 것 같은 불안이 있어요. 본능적으로 말이에요."

그러자 쓰쿠다는 무미건조하게 말했다.

"아무것도 아니에요. 그런 일은."

노부코는 그의 무미건조한 말투에 약간 상처받은 느낌이 들었다.

"아무것도 아니라고 생각하지는 말아줘요. 나는 그런 마음을 가지고 있으면서도 여기 여자들처럼 그런 말을 그렇게 아무렇지도 않게 이성적으로 생각할 수만은 없는 걸요. 나 뭔가 그렇고 고고하고 아름다운 것에 대해서는 어쩐지 겸연쩍어서요. 나에게는 둘 다 진심이니까요."

그들은 기숙사를 돌아 옆길로 나왔다. 쓰쿠다는 노부코에게 짐을 지운 것 같았다.

"안심하세요. 당신을 괴롭히려고 한 말은 절대 아닙니다. 이런 기분도 언젠가 변할지도 모르지요. 무엇보다 나는… 알고 있지요? 그런 것에 대해서도 조금은 알고 있을 것입니다."

그들은 이제야 서로의 마음이 얼음장처럼 식어버린 것을 깨달았다.

어머니 다케요와 노부코의 다툼

"어머니. 그럼 쓰쿠다란 사람을 한번 시간을 두고 지켜봐 주세요. 어머니가 아는 분 중 어디 제가 사랑해도 될 만한 사람이 있었나요? 지금까지 제 주변 사람 중 한 명도 자유롭게 연애해도 된다고 생각하신 적 없으시잖아요. 어떤 사람이든 그 사람이 저와 깊은 교제를 하면 어머니 눈에는 가치 없는 사람이 되어 버리니까요."

"대단한 심술쟁이 할망구라 미안하구나."

"그런 의미가 아니라, 자요!"

노부코는 불쑥 옆으로 몸을 돌리려는 어머니의 손을 잡았다.

"어머니는 애초에, 공평히 말하자면 일종의 지나친 이상주의자예요. 제 일에 대해서라면 특히요. 그렇잖아요? 제 일이나 성공에 어머니가 얼마나 많은 희망을 걸고 계시는지. 그걸 생각해 보시면 아실 거예요. 어머니는 어떤 점에서는 어머니 삶에서 못 이루셨던 일을 제게 시키시고 싶으신 거죠. 그렇잖아요?"

"그건 그런 점도 있겠지."

다케요는 그런 점에 대해서는 화를 낼 수도 없다는 식으로 말했다.

"많이 있어요. 어머니는 제가 연애 따위에서 초월해서 혼자 고상하고 깨끗하게 사는 걸 낙으로 삼고 계시는 것 같아요."

"특별히 혼자 있으라고 말하지는 않았어. 좋은 사람만 있다면, 너를 발전시켜 줄 만한 사람이라면 나는 언제든 기꺼이 받아들일 거야."

"결혼에 대한 생각이 어머니와 많이 다른 거예요."

"그건 말 안 해도 알아."

다시 신랄한 어조로 다케요가 말했다.

"네 사고방식은 볼셰비키나 다름없어."

"보통 여자는 시집가서 정착해서 남편에게 녹아들고, 좀 더 현대사회에서 안정된 생활을 얻으려고 하는 게 목적이겠지요? 그러니까 같은 계급과 전통을 가진 가문, 또는 많든 적든 운명이 허락하는 한 출세하는 것을 조건으로 하겠죠. 다르다는 것은 이 점이에요⋯. 나는 어머니가 자란 식으로 자라고 어머니가 주는 것만 보며 자랐어요. 어머니와 똑같은 부모가 있는 남자에게는 전혀 흥미가 없어요. 오히려 불안해요. 그러니까 내 마음이 끌릴 때에는 반드시 다른 무언가가 있다는 거예요. 아시겠어요? 그러니까 쓰쿠다가 좋고 싫은 것은 둘째 치고 이런 점을 어머니는 만족할 수 없을 거라고 생각해요. 나는 야만인이니까 생활이든 뭐든 내가 갖고 싶은 것을 내 손으로 움켜쥐어 보지 않고서는 단념할 수 없는 성질이에요."

노부코는 입을 다물었다. 다케요도 가만히 있었다. 두 사람은 오랫동안, 난로의 낮은 불이 이따금 활활 타오르며 사방을 아련히 붉게 비추는 땅거미 속에 그렇게 앉아 있었다.

시작된 결혼생활과 노부코의 불안

따로 집을 가지게 되었고 쓰쿠다도 직장을 얻어 이제 자신들만의 생활이 예정대로 시작되었지만 노부코는 적응하지 못했다. 예를 들어 어떤 만찬회가 여기에 있다고 하자. 음식은 물론이고 금테두리를 두른 메뉴 그대로 연미복을 입은 종업원들이 날라 온다. 초대할 손님이 없는 것도 아니고 주빈이 빠진 것도 아니다. 건배로 시작하여 탁상연설까지 다 빠짐없이 예정대로 진행되고 있다. 그런데 시작부터 끝까지 그 자리에 연석하여 프로그램이 제대로 진행되고 있다는 증인이 되는 동안 그 회합 속에 자신이 아무 취미와 의미를 느끼지 못하고, 갑자기 기묘한 불안에 싸여 주변을 다시 바라보는 경우가 있다. 주변 어느 누구도 자신이 느끼는 것처럼 느끼고 있지 않다는 것을 발견하면 스스로를 위로할 수 있을까. 자신이 점점 그 자리에 어울리지 않는다는 느낌만 강해질 것이다.

노부코도 마찬가지였다. 아내라는 자리가 자신에게 딱 맞지 않았다. 그 원인을 한마디로 설명하는 것은 어렵고 불가능했다. 그것은 깊은 곳에 존재했고 섬세한 기분의 뉘앙스였으니까. 다만 한 가지 노부코가 자각하는 것은 생활의 폭이 좁고 무거우며 생동감 있는 유연성이 결여되어 있다는 사실이었다. '이제부터 진짜 우리들의 생활이 시작된다. 자, 나의 사랑하는 사람이여. 큰 희망을 가지고 새로운 생활을 시작합시다.' 하려고 결심하면 어느 샌가 생활방식이 목장의 울타리처럼 자신들을 둘러싸고 있었다. 노부코는 문득 그 우리 안에서 부피가 점점 커져서 움직이지 않게 된 남편과 빈틈없이 달라붙어 있는 것만 같았다.

하지만 쓰쿠다는 전혀 그런 느낌이 없는 것 같았다. 밤마다 침대 위에서 구부리고 '적군은 패해 달아났다. 우리는 승리하여, 적장 5명을 포로로 잡았다…'라고 미리 공부해둔 초급 라틴어 독본을 가지고 출근했다가 돌아왔다. 변함없이 내일 아침에도 출근할 것이다. 노부코는 그에게 자신의 감정을 호소할 기회를 잡지 못했다. 그리고 자신들의 겪어온 감정생활을 이따금 돌이켜보았다. 서로 알게 된 이후 오늘까지 그들에게는 파란(波瀾)이 너무 많았다. 주위와 싸우면서 서로의 사랑을 잃지 않으려고 애썼으며, 그를 지키며 자신을 지키는 노력, 그것들을 위해 노부코의 마음은 늘 긴장하고 자극을 받고 있었다.

엇나가는 마음

노부코는 점차 자신의 마음에 애달픈 침전물이 고이는 것을 느꼈다. 그녀는 날마다 끊임없이 허덕이고 있었다. 그것들은 어디 내놓을 만큼 심각한 정도는 아니었지만 내적으로 폭발적인 성장의 시기에 있는 노부코에게는 음식과 다를 바 없이 필요한 예술적 분위기의 결핍이 그녀를 매우 괴롭혔다. 쓰쿠다는 오랫동안 미국 여자들의 생활을 봐왔으니 자고 싶은 만큼 노부코를 자게 해줬다. 일상의 장보기도 마다하지 않고 자신이 했다. 부엌에서도 노부코 혼자 있지 않아도 됐다. 그러나 오랜 시간 잠든 스펀지 같은 두뇌로 게걸스럽게 읽고, 느끼고 생각했다고 해도 그것을 누구와 함께 얘기를 나눌 것인가. 쓰쿠다는 요즘의 규칙적인 생활로 인해 지금까지의 자질구레한 정신적인 짐은 어딘가 내려놓은 듯했다. 그의 문학은 몇 년 전부터 입력되어 있던 셰익스피어, 베이컨 문제에서 진행되지 않았고 아마 잡지조차도 거의 1년 전부터 보지 않았으리라. 그는 그래도 본능적으로 교사다운 측면이 있었고 노부코의 돌격을 잘 피해 나가는 기술이 있었다. 이 얼마나 이상한 고독인가. 노부코는 두려운 절망적 적막함에 휩싸여 오열한 적도 있었다.

"아아, 왜 이렇게 쓸쓸하지? 너무 외로워요. 어떻게 좀 해 봐요, 우리."

쓰쿠다는 당혹하여 눈살을 찌푸리며 노부코를 끌어안고 등을 쓰다듬으면서 진정시키려는 듯이 얼굴을 가까이 가져와 거듭해서 속삭였다.

"그렇게 울면 안 돼. 응, 금방 나아질 거야. 금방 익숙해질 테니까."

그 익숙해진다는 감각이야말로 노부코가 가장 두려워하는 것이었다. 인간이 길들여진 짐승처럼 어떠한 경우에도 익숙해진다는 사실은 슬프고 두렵다. 자신도 역시 언젠가는 이 생활에 익숙해지는

것일까? 그리고 몇 년이 지난 후에 취미도 정열도 잃어 처음 목표로
했던 인간과 전혀 어울리지 않는 존재가 되어, 그렇게 되어 버린
것조차 모르고 삶을 마감하는 것은 아닐까? 노부코는 모르는 사이
에 지나가는 생활이 아쉬워 불안해졌다.

불행한 결혼생활

물론 행복한 결혼생활이라고 하는 당시의 슬로건이 완전히 없어
진 것은 아니었다. 노부코가 자신의 불안한 마음을 그에게 얘기하면
그는 바로 행복했을 때의 이야기를 꺼내 그녀를 안심시키려고 했다.
그러나 요즘은 그것조차 의심스러워진 모양이었다. 노부코는 남편
이 "사랑한다, 사랑한다" 반복하기만 하면 만사가 해결된다고 생각
하는 것이 시시했다. 아무리 사랑해도 음식이 필요한 것처럼, 사랑
이 있더라도 노부코에게는 활발한 삶이 필요했다. 쓰쿠다는 일상의
사소한 것에서는 서로의 감정에 전혀 관심을 기울이지도 않다가
노부코가 참지 못하고 눈물을 흘리면 갑자기 열렬하게 이렇게 사랑
하는 마음이 왜 통하지 않느냐고 호소했다. 노부코는 어찌할 바를
모르고 이렇게 말할 수밖에 없었다.

"이런 일은 말로 표현할 수 없는 그때그때의 느낌에서 비롯되는
거예요…. 당신은 꼭… 일단 사랑한다고 굳게 믿으면, 그 믿음이
얼마나 완고한 믿음인지가 강한 사랑의 척도라고 착각하는 것 같군
요."

"아, 그렇게 비꼰단 말이지! 그럼 그렇게 생각해요."

그러나 강아지처럼 그냥 나란히 있는 것이 쓸쓸해져서 노부코는 말을 다시 걸곤 했다.

"저기요."

하지만 말을 걸고도 그녀는 말을 거의 잇지 않았다. 쓰쿠다는 그 것을 이상하게 생각하지도 않았다. 이것이 평화로운 가정생활이라 는 것일까.

노부코는 늪에 잠겨 있는 듯한 삶을 견딜 수 없게 되었다.

남녀의 입장 차이

"어떻습니까? 가정을 가지게 되면 일하시기 참 어렵죠?"

"…남자들은 어때요?"

"글쎄 어떨까요. 저는 경험이 없어 잘 모르겠어요. 하지만… 물론 부담이 늘어나는 점은 안 좋아도 대개 안정적이 된다는 것 같더군 요." 그리고 그는 버릇처럼 혼자서 여러 번 고개를 끄덕였다.

"그건 혼자 살 때보다 부인이 잘 돌봐주기 때문이겠죠? 마음에 여유가 생기는 거죠. 그래도 여자는 입장이 반대니까요."

"잘 안 되나요? 노력해도?"

노부코는 이상하게도 자신이 한 말에 책임을 느꼈다.

"절대 안 된다고 단언할 수는 없죠. 하지만 뭐랄까 남자는 남편이 돼도 어디까지나 그대로 통하잖아요. 남의 아내라는 건 왠지 타고나는 것 말고 아내적인 속성이랄까요? 그런 게 요구되는 것 같아요. 부인의 업은 여자의 적응성을 극단적으로 발달시키는 점에서 위험하지 않을까요? '나'라는 것이 없어지니까 무섭지 않겠어요?"

농담처럼 말하면서도 노부코는 여자의 외로움이라는 것을 마음 깊이 느꼈다.

"어렵네요."

"일단 어렵다는 것은 알고 있지만 실제로 그 상황이 되면 점점 더 복잡해져요. 그러니까 독신이 좋다고 할지도 몰라요. 그렇지만 일을 위해서 연애도 안 하다니, 그런 어색한 짓 저는 못해요. 남녀 상관없이 본인들한테 자연스럽고 자유로운 생활을 하는 사람은 적잖아요. 용기가 필요해요."

"그래요 그렇습니다. 답답하지요. 특히 일본에서는요. 정말 그렇습니다."

노부코의 고독

어쨌든 노부코는 가위눌림처럼 단단한 쓰쿠다의 속박을 온몸으로 느꼈다. 근본이 무엇이든지 간에 그는 자신을 해방시키지 않고 점유한 채로 풀어주고 싶지 않은 것이다.

노부코도 그의 괴로운 마음을 전혀 모르는 것은 아니었다. 두 사람이 결혼한 후 남편만 편하게 살기는커녕 노부코는 늘 제멋대로인 아내였다. 그를 혼자 남겨두고 여행을 떠났고 늦잠을 잤다.

노부코에게는 그러한 일상의 사소한 작은 자유조차 아내가 되면 큰 특권처럼 선전을 하며 부여받는다는 표현하기 어려운 우울함, 남편이 그 특권만이라도 건네주면, 불평할 것이 없는 것처럼, 다른 것을 배려하지 않는 영혼의 고독함이 있었다.

돌아갈 수 없는 사이, 이별

쓰쿠다는 비틀비틀 걸으며 다락방에서 철사를 끊는 가위를 가져 왔다. 그리고 툇마루로 나가 구석에 만들어둔 새장 앞에 쪼그려 앉 았다. 홍작과 십자매가 그를 향해 날개를 퍼덕였다. 가만히 바라보 고 있더니 곧 "이런 것도 이제 볼일 없어!" 하며 가위로 망을 자르기 시작했다.

노부코가 앉아 있는 곳에서도 파르르 파르르 한 쪽부터 망이 뒤집 혀 올라가는 것이 보였다. 작은 새들은 갑작스러운 변고에 놀라 한 쪽으로 몰려가 애처롭게 소동을 피웠다. 큰 구멍이 생기자 쓰쿠다는 망 위를 탁탁 두드렸다. 결국 한 마리의 십자매가 찢어진 구멍을 통해 정원으로 날아갔다. 계속해서 홍작과 남아 있던 십자매가 날아 갔다. 어떤 것은 툇마루 아래 서향의 울창한 가지에 내려앉았고 어 떤 것은 좀 더 멀리 있는 매화가지까지 날아서 갑자기 펼쳐진 공기 의 광활함과 자유로움을 믿지 못하겠다는 듯이 쨱쨱 울었다. 그러자 무엇을 생각했는지 한 마리의 십자매가 툇마루까지 휙하니 돌아왔 다. 고개를 갸우뚱 갸우뚱하며 찢겨진 망 입구를 보고 있더니 훌쩍 날아 다시 원래의 새장으로 들어가 버렸다. 쓰쿠다도 노부코도 새의 동작에 어느 틈엔가 마음을 빼앗기고 바라보고 있었다. 쓰쿠다는 예상외로 십자매가 돌아온 것을 보고는 갑자기 노부코의 손을 부서질 것처럼 움켜쥐었다.

"아아, 새도 다시 돌아오는데. ……당신은…… 당신은….."

괴로운 마음이 솟구쳐 노부코는 눈길을 돌렸다. 사육되는 새가 되는 것은 참을 수 없었다. 결심이 섰다. 노부코의 눈앞에 저녁 하늘이 보였다. 도시의 탁한 노란빛 도는 저녁하늘 아래 정원에 있는 소나무가 검게 보였다. 이상하리만치 솔잎 하나하나가 선명하고 또렷하게 보였다.

근대 여성문학 5

: 소설 『방랑기(放浪記)』

[도덕적 속박에서 벗어나기를 갈망하다: 하야시 후미코]

후쿠오카에서 태어난 소설가 하야
시 후미코(林芙美子, 1903~1951)는 어린
시절 친부에게 친자 인정을 받지 못하
고 어머니의 성을 따르며 사생아로 자
랐다. 하지만 거칠고 방탕했던 그의 친
부가 외도를 거듭하자 1910년 어머니
와 함께 집을 나왔다. 그때부터 새아버
지와 어머니와 함께 여러 지방을 떠돌
아다니는 방랑 생활을 시작했다. 1922

그림 33. 하야시 후미코

년 오노미치(尾道) 시립 고등여학교를 졸업하고 도쿄로 가서 잡일꾼, 사무원, 여공, 카페 여급 등 갖가지 직업을 전전했다.

1923년 필명을 후미코로 정하고 일기를 쓰기 시작했는데 이때 쓴 일기가 『방랑기』의 원형이 되었다. 1924년 시 동인지 『두 사람(二人)』을 3호까지 간행했고 1928년 『여인예술(女人藝術)』에 시 「수수밭(黍畑)」을 발표했다. 이어서 같은 잡지에 28회에 걸쳐 연재한 자신의 고단한 삶의 여정을 1930년 소설 『방랑기』로 출판했다. 당시 이 책은 판매부수 60만 부의 베스트셀러가 되었다.

불우한 유년시절과 가난한 노동자로서의 체험을 투영하여 서민의 입장에서 서민을 그려냈으며 도시 생활자의 밑바닥 삶, 여성의 자립과 가족, 사회 문제를 소설의 주요 테마로 다루어서 도시노동자들과 여성들에게 많은 사랑을 받았다. 하야시 후미코는 생전 "내 소설은 쌀을 됫박으로밖에 살 수 없는 사람들에게 마음의 양식이 됐다"라고 했으며, 『밥(めし)』(1951)이라는 소설을 유작으로 남겼다. 하야시 후미코는 도덕관념보다는 인간의 삶 그 자체를 중시하여 인간의 지위나 명예는 무의미하고 세속적 관념이 인간을 불행하게 만든다고 했다. 또한 여자에게만 강요되어진 도덕적 속박과 굴레는 삶의 진리 앞에 허물어져야 한다고 강조했다.

하야시 후미코는 대중적인 인기가 높아 영화, 연극과도 연이 깊은 작가이다. 일본을 대표하는 영화감독 나루세 미키오(成瀬巳喜男, 1905~1969)는 후미코의 소설을 원작으로 〈밥(めし)〉(1951), 〈번개(稲妻)〉(1952), 〈아내(妻)〉(1953), 〈만국(晩菊)〉(1954), 〈뜬 구름(浮雲)〉(1955), 〈방

랑기〉(1962) 등 6편을 영화화했다.

[도시 여성 노동자들의 생존 기록: 『방랑기』]

하야시 후미코가 직접 경험한 일을
일기 형식으로 묶어 연재한 자전적 소
설이다. 1928~1929년에 걸쳐 여성문
예잡지 『여인예술(女人藝術)』에 6회까
지 연재되다가 1930년 개조사(改造社)
에서 단행본으로 출판되었다. 곧이어
『속(續)방랑기』를 출간하였고, 1939년
내용을 대폭 수정하여 신초사(新潮社)
에서 결정판이 간행되었다. 이어 1946

그림 34. 영화 〈방랑기〉(1962) 한 장면

년 문예잡지 『일본소설(日本小說)』에 제3부가 연재되었다.

이렇게 속편이 더해져 3부 구성이 되었으나 후미코가 그때그때
시절에 맞는 내용을 일기에서 뽑아 기재된 날짜 순서로 배열한 형식이
기 때문에 1, 2, 3부는 내용면에서 큰 차이가 없다. 『방랑기』는 아코디
언과 해변마을(風琴と魚の町)』(1931), 『청빈의 서(淸貧の書)』(1933)와 함
께 하야시 후미코의 자전적 3대 명작으로 꼽힌다.

이 소설은 주인공(작가 자신)이 어린 시절을 회상하는 장면에서
시작한다. 대략 18~25세까지 가정부, 공장의 여공, 카페 여급, 노점

상인 등 여러 직업을 전전하는 밑바닥 생활을 하면서도 시와 동화를 쓰기 시작했던 시절의 체험을 일기체로 써냈다.

『방랑기』가 발표될 당시, 일본은 제1차 세계대전 이후 세계적인 불황의 여파로 실업자가 넘쳐나고 서민들의 생활은 침체 속에서 벗어나지 못하고 있을 때였다. 이런 시대 상황 속에서 생활고에 탄식하고 괴로워하는 작가의 감정이 대중에게 큰 공감대를 형성했다. 절망적이고 어두운 괴로움을 묘사하면서도 이따금 보이는 유머러스함이 활기를 불어넣어 경쾌함을 잃지 않는 것이 특징적이다. 작품 속에는 굶주림과 굴욕에 시달리면서도 마음속 깊이 문학과 이상을 향한 갈망을 지니고 삶을 살아가는 한 여성의 심리가 소탈하지만 생생한 필체로 그려져 있다. 또한 소설『방랑기』는 나루세 미키오의 영화 외에도 연극으로 각색되어 연극 〈방랑기〉로서 1961년부터 지금까지 2,000회가 넘게 공연되며 일본 대중의 많은 사랑을 받고 있다.

[숙명적인 나그네, 여자의 일생: 『방랑기』 읽기]

후미코의 숙명

나는 기타규슈(北九州)의 어느 초등학교에서 이런 노래를 배운 적이 있다.

'깊어가는 가을밤 낯선 타향의 하늘을 보며 외로운 마음에 나 홀

로 서러워. 보고 싶은 내 고향, 그립구나 부모님.'

나는 숙명적인 방랑자다. 나는 고향이 없다. 아버지는 시코쿠(四國)의 이요(伊予) 출신으로 광목 행상을 했다. 어머니는 규슈 사쿠라지마(櫻島)에 있는 온천의 여관집 딸이다. 타향 사람과 결혼했다고 가고시마에서 쫓겨나 아버지와 정착한 곳이 야마구치(山口)현의 시모노세키(下關)였다. 그 시모노세키가 바로 내가 태어난 곳이다. 고향에 돌아갈 수 없는 부모 탓에 내게는 방랑이 고향이었다. 그래서 숙명적으로 나그네인 나는 이 '그리운 내 고향'이라는 노래를 아주 서러운 심정으로 배웠다. 여덟살 때 어린 내 인생에 폭풍이 불어닥쳤다. 와카마쓰(若松)에서 포목 도매로 상당한 재산을 모은 아버지가 나가사키 앞바다의 아마쿠사(天草)에서 도망쳐온 하마라는 기생을 집으로 데려온 것이다. 눈 내리는 음력 1월, 드디어 어머니는 여덟살 된 나를 데리고 집을 나왔다. 와카마쓰는 나룻배를 타야 갈 수 있는 곳이라는 것을 아직 기억하고 있다.

지금 아버지는 새아버지다. 새아버지는 오카야마(岡山) 출신으로 미련할 정도로 소심하고 지나칠 정도로 사행심이 커서 반평생을 고생한 사람이다. 나는 어머니가 데려온 자식이어서 이 새아버지와 함께하면서 집이라는 것을 거의 가지지 못한 채 살아왔다. 어딜 가도 싸구려 여인숙 생활이 계속됐다.

"니 아부지는 집도 싫어하고 살림도 다 싫다는구나…." 어머니는 항상 내게 이런 소리를 했다. 그래서 나는 평생 싸구려 여인숙 추억만을 가지고 아름다운 산천 따위는 모른 채 행상하는 새아버지와 어머니 손에 이끌려 규슈 전역을 돌아다녔다. 내가 처음 초등학교에 들어간 것은 나가사키(長崎)에서였다. 잣코쿠야라는 이름의 싸구려 여인숙에서 당시 유행하던 소위 모슬린 개량복을 입고 난킨마치(南京町) 근방의 학교에 다녔다. 그것을 시작으로 사세보(佐世保), 구루메(久留米), 시모노세키, 모지(門司), 도바타(戸畑), 오리오(折尾) 등 각지를 차례대로, 4년간 7번이나 학교를 옮겨 다니는 바람에 친한 친구 한명 없었다.

12월 ×일 갈 곳 없는 후미코

해고당했다.

딱히 갈 데도 없다. 커다란 보따리를 들고 시차 선로 위 육교에서 봉투를 열어보니 달랑 2엔 들어 있다. 이주일이 넘게 일을 했는데 겨우 2엔이다. 발끝에서부터 차가운 피가 밀려오는 듯한 느낌이 들었다. 커다란 보따리를 들고 터벅터벅 걸어가는데 왠지 짜증이 나서 모든 걸 포기하고 싶어졌다. 가는 길에 파란 기와지붕의 문화주택이 임대로 나와 있어 들어가 살펴보았다. 마당은 넓고 유리창은 12월의 찬바람이 닦아놓기라도 한 것처럼 시리게 빛나고 있었다.

노곤하고 졸려서 쉬어가고 싶었다. 부엌문을 열어보니 빈 깡통이 녹슬어 여기저기 굴러다니고 방바닥은 흙투성이로 더러웠다. 한낮의 빈집은 원래 적적한 법이다. 희미한 사람의 그림자가 여기저기 서성이고 있는 것 같고 살갗으로 한기가 파고들었다. 딱히 의지할 만한 곳도, 갈 곳도 없다. 2엔으로는 할 수 있는 일이 없다. 들어온 게 왠지 미안해서 밖으로 나오니 개가 여우눈을 하고 낡은 툇마루 옆에서 나를 뚫어지게 노려보았다.

"아무것도 아냐. 아무 짓도 안 했어."

납득시키려고 나는 마루 위에 서있었다.

'어떡하지…. 어떻게 할 방법이 없어.'

밤이 되었다.

신주쿠 아사히에 있는 여인숙에서 묵었다. 축대 밑의 눈이 녹아 땅이 엿처럼 질퍽거리는 동네 여인숙에서 1박에 30전을 내고 나서야 나는 물에 젖은 솜처럼 무거운 몸을 누일 수 있었다. 꼬마전구가 달린 1.5평 방은 메이지시대 적에도 없었을 것 같은 곳이다. 하지만 내일의 기약이 없는 나는 이 방에서 나를 버린 섬 남자에게 아무 소용없을 긴 편지를 써본다.

모두 다 거짓말로 뒤덮인 세상이었다.
고슈(甲州)행 막차가 머리 위를 달린다
백화점 옥상처럼 쓸쓸한 삶을 뿌리치고
나는 여인숙 이불 위에 정맥을 늘어뜨리고 있다
열차에 갈기갈기 찢긴 시체를
나는 남의 것인 마냥 끌어안아 본다
한밤중에 낡아 찌든 방문을 열어보니
이런 곳에도 하늘이 있고 달빛이 비추고 있다

여러분 안녕히
나는 비틀린 주사위처럼
다시 제자리로 돌아가고
여기는 여인숙 지붕 아래입니다
나는 퇴적된 여수(旅愁)를 움켜쥐고
살랑이는 바람을 느낀다

어머니의 편지와 마쓰다 씨

어머니가 편지를 한통 보냈다.

'50전이라도 좋으니 보내줬으면 좋겠구나. 나는 류머티즘으로 고생중이야. 네가 빨리 돌아올 날을 네 아버지랑 같이 기다리고 있어. 아버지도 신통치 않다고 하고 너도 생각보다 형편이 좋지 않다고 하니 사는 게 괴롭구나.'

비뚤배뚤한 글자로 쓴 편지다. 끝에 '엄마가'라고 덧붙인 것을 보니 손으로 톡 건드리고 싶을 만큼 어머니가 사랑스럽게 느껴졌다.

"어디 몸이라도 아프십니까?"

이 재봉틀집에 함께 세 들어 사는 인쇄공 마쓰다 씨가 거리낌없이 문을 열고 들어왔다. 열대여섯짜리 애들처럼 키는 작고 머리를 어깨까지 기른, 내가 싫어하는 모든 것을 갖춘 남자다. 천장을 쳐다보며 생각에 빠져 있던 나는 휙 등을 돌리고 이불을 뒤집어썼다. 이 사람은 아주 고맙고 친절한 사람이지만 얼굴을 마주하면 우울할 정도로 불쾌해지는 사람이기도 했다.

"괜찮습니까?"

"그냥 온몸 마디마디가 다 쑤셔요."

가게에서는 주인아저씨가 판매용 청색 작업복을 만들고 있는 것 같다. 드르륵… 하며 이를 가는 듯한 재봉틀 소리가 났다.

"60엔만 있어도 우리 둘이 잘 살 수 있는데 당신이 너무 냉담해서 정말 서럽습니다."

머리맡에 바위처럼 앉아 있던 마쓰다 씨가 시커먼 이끼 같은 얼굴을 숙여 내 얼굴 위로 다가왔다. 남자의 거친 숨결이 느껴지자 안개처럼 눈물이 흘러나왔다. 이런 따뜻한 말로 나를 위로해준 남자가 지금껏 단 한 명이라도 있었는가. 다들 나를 부려 먹고는 연기처럼 사라져버리지 않았던가! 이 사람과 합쳐 조그만 전셋집이라도 구해 가정을 꾸려볼까 하는 생각도 해 봤다. 하지만 그것은 너무나 슬픈 이야기다. 마쓰다 씨는 10분만 얼굴을 마주하고 있어도 속이 불편해지는 사람이다.

"미안하지만 몸이 안 좋아요. 말할 기운이 없으니까 저쪽으로 가 주세요."

"당분간 공장을 쉬도록 해요. 그동안은 내가 알아서 할게요. 나하고 결혼해주지 않아도 괜찮으니까요."

정말이지 세상은 뒤죽박죽인 것 같다.

밤이 됐다.

쌀을 한 되 사러 나간다. 그리고 그 김에 보자기를 들고 아이조메

바시의 야시장에 갔다. 꽃집, 러시아 빵집, 팥빵집, 건어물가게, 채소가게, 헌책방에 들른다. 오랜만에 산책을 해 본다.

6월 ×일 글을 쓰는 후미코

『씨 뿌리는 사람』에서 이번에 『문예전선』이라는 잡지를 낸다고 해서 나는 셀룰로이드 장난감에 색칠하는 일을 하던 작은 공장에서의 체험을 「여공의 노래」라는 시로 써서 보냈다. 오늘은 『미야코신문』에 헤어진 남자에 대한 내 시가 실렸다. 이따위 시는 이제 그만 써야겠다. 시시하다. 공부를 더 해서 더 훌륭한 시를 써야겠다고 생각했다. 저녁에 긴자(銀座)의 쇼게쓰(松月)라는 카페로 갔다. 거기서 '돈의 시'라는 전시회를 하고 있었기 때문이다. 내 서툰 글씨가 멋지게 앞면을 장식하고 있었다. 하시즈메 씨를 만났다.

7월 ×일 자조하는 후미코

전혀 모르는 사이에 나는 각기병에 걸려 버렸다. 게다가 위장도 많이 아파서 이틀 정도 제대로 식사를 하지 못해 몸이 생선처럼 축 쳐졌다. 약도 살 수 없는 처지여서 조금 비참한 기분이 되었다. 가게들은 여름 비수기 철을 맞아 손님을 불러들이기 위해 빨간, 노랑, 보라색 풍선들을 장식해 놓았다. 매장에 가만히 앉아 있으니 잠이 부족해서인지 도로에 반사된 빛에 눈이 부셔 머리가 무거웠다.

가게 안에는 레이스라든가 보일(voile) 손수건, 프랑스제 커튼, 와이셔츠, 옷깃 등 비누 거품처럼 온통 희고 얇은 물건들뿐이다. 조용하고 고상한 이런 수입품 상점에서 나는 일당 80전을 받으며 물건을 파는 인형이다. 하지만 인형치고는 지저분하고 굶주렸다.

"너처럼 그렇게 책만 보고 있으면 안 돼. 손님이 오면 상냥하게 말을 걸어야지."

새콤한 것을 먹은 뒤처럼 이가 찌릿하니 시렸다. 책을 보고 있는 게 아니에요. 이런 여성지 따위, 나하고 아무 상관도 없어요. 반짝반짝 빛나는 유리거울을 한번 보세요. 배우와 무대배경이 서로 어울리지 않을 때처럼 하늘색 사무복과 유카타는 정말이지 볼썽사나워요. 얼굴은 여급같고 그것도 바닷가 시골에서 갓 상경한 통통한 모습, 그런 야생의 여자가 가슴에 레이스가 하늘거리는 하늘색 사무복을 입고 있어요. 이건 오노레 도미에(Honoré Daumier)가 그린 풍자만화 같아요. 정말이지 우스꽝스럽고 한심한 암탉 같아요. 마담 레이스나 미스터 와이셔츠, 마드무아젤 행커치프 무리에게 정말이지 이런 모습을 보이고 싶지 않아요. 게다가 당신의 눈이 서비스를 제대로 못 한다며 나를 쳐다보고 있어서 언제 나를 해고할지 모르니까 가능한 한 나 같은 판매원에게 관심을 갖지 말라고 바닥만 보는 거예요. 아주 오랜 인내는 너무나 극심한 피로를 불러와서 나는 눈에 띄지 않는 인간으로, 그렇게 눈에 띄지 않는 인간으로 훈련된 거예요. 그 남자는 눈에 띄는 인간이 되어 투쟁하지 않으면 잘못이라고 해요. 그 여자는 제가 언제까지고 룸펜프롤레타리아트(lumpenproletariat, 자본주의 사회의 최하층 빈민)로 있으면 안 된다고 해요.

그런데 용감하게 싸워야 할 그와 그녀는 지금 어디에 있나요? 그 두 사람이 남에게 빌려온 사상을 발판으로 권력자가 되는 날을 생각하면, 아아, 그건 싫어요.

우주는 어디가 끝일까라는 생각을 하면서 인생의 여수를 느낀다. 역사는 항상 새롭다. 그래서 불타는 성냥이 부러워졌다.

밤 9시 전차에서 내리니 길이 어두워 하모니카를 불면서 집으로 돌아왔다. 시보다도 소설보다도, 이렇게 단순한 소리일 뿐이지만 음악은 좋은 것입니다.

글쓰기로 생계를 책임지는 후미코

지금은 부모님이 일을 그만두게 할 정도가 되었지만 하루하루 일해서 일당을 받던 분들이라 좀처럼 내 옆에서 가만히 지내려 하지를 않는다. 나한테 장사 밑천을 받아 장사를 시작하고는 4~5일도 지나지 않아 실패하고 만다. 나는 그런 일에 지치기 시작했다. 조용히 지내며 꽃이나 키우시는 편이 나로서는 좋지만 어쩔 도리가 없다. 두 사람 모두 나름의 생각으로 내게 의존하고 있다고 말한다. 수입이라면 내 '글쓰기'뿐으로 딱히 확실히 안정적인 것도 아니다. 내가 뻔뻔스러운 사람이라고 세상에 알려져 있는지도 모르겠다. 술꾼이라고 할지도 모른다. 하지만 나는 사실 술도 담배도 다 싫어한다. 술을 마시고 기분을 속이는 동안은 좋지만 더 이상은 그런 걸로

속일 수도 없게 되었다. 모두 너무나 선량한 사람들이기에, 나는
또 7년 전 비밀리에 지금의 남편과 결혼도 했다.

새아버지의 어머니가 입버릇처럼 "네 어미 때문에 내 아들은 20
년이나 친자식도 없고 사내 인생치고는 참 허무하게 돼버렸어!"라
고 하는 것이다. 결론은 은혜를 잊지 말라는 뜻이라 그 할머니께도
매달 조금이나마 생활비를 부치고 있다. 이상하게도 다들 내게 꽤나
의존한다. 버거워하면서도 나는 마음이 약해져서 내가 할 수 있는
한도 안에서는 하려고 한다. 하지만 내 일은 성냥갑을 붙이는 일이
나 재봉틀 부업과는 다르다. 책상 앞에 앉기만 하면 원고가 돈이
된다고 생각하는 가족들에게 지금의 내 심정을 솔직하게 말해봤자
아무런 소용이 없다. 차라리 재봉틀 페달을 밟으며 부업을 하는 편
이 즐거울지도 모른다…. 오랫동안 불행한 처지에 있었던 사람들이
기에 나는 그들을 사랑하려고 했다. 그리고 사랑했다. 하지만 일단
이 소가족 안에서 무언가 풍파가 일어나면 어머니는 아버지 편에
서고 나는 쓸모없는 존재가 되어 버리는 것이다. 생각해주기보다
먼저 미워하는 마음이 서글프다. 머리가 아프다고 하면 약을 먹으면
낫지 않느냐고 말하는 사람들이다.

아침에 일어나 어린 식모를 데리고 식사준비를 하고 낮엔 점심,
밤엔 저녁식사, 쌀과 된장 걱정에 내 방 청소, 빨래, 손님 접대 등
내 생활도 무척 바쁘다. 그 사이에 글도 써야 한다. 내 작품에 대한
비평도 많이 걱정된다. 반성도 하고 공부도 계속하지만 가끔 공허함
이 나를 집어삼킨다. 장마 때는 특히 우울해져서 그냥 죽어버리고

싶을 때도 있다. 이대로 사라져버리면 편안해지겠지 하는 절박한 심정이 되고는 한다. 하지만 내가 없어지면 연의 줄이 끊기듯 가족들이 쩔쩔맬 것을 생각하니 그렇게 할 수도 없다.

2월 ×일 애인 노무라와의 불화

비, 목욕탕에서 돌아오는 길에 우시고메(牛込)로 가본다.

목에 분을 바른 것을 보고 노무라 씨는 정말 여급은 별 수 없다며 질책한다. '네, 저는 여급이라 어쩔 수 없어요'라고 했다. 여급이 뭐가 나쁜지? 무슨 일이라도 해야지, 다른 사람이 먹여 살려주지도 않는데…. 앞으로 내가 일하는 곳에 오지 말라고 하니, 노무라 씨가 재떨이를 집어 내 가슴팍으로 던졌다. 눈과 입으로 재가 들어왔다. 갈비뼈가 부러지는 느낌이 들었다. 방문 쪽으로 도망가는데 노무라 씨가 내 머리채를 잡아채고는 다타미 위로 나를 넘어뜨렸다. 나는 죽은 척할까 생각했다. 눈을 부라리는 고양이에게 쫓기는 쥐 같은 기분이 들었다. 우리 둘 사이는 뭔가 잘못되었다 싶으면서도 남녀 사이의 인력이 작용한다. 노무라 씨가 몇 번이고 발로 배를 걷어찼다. 이제 절대 돈은 한 푼도 가져오지 말아야겠다고 결심했다.

방랑기의 마지막

모기한테 온 몸을 물려서 다시 땀 냄새 나는 인견 옷을 입고 다타미 위에 앉아 새우처럼 등을 구부리고 글을 쓴다. 쓸 것은 아무것도 없지만 갖가지 문자들이 머리에 떠오른다. 「2전짜리 동전」이라는 제목의 시를 쓴다.

파란 곰팡이 핀 2전짜리 동전아
외양간 앞에서 주운 2전짜리 동전
크고 무겁고 핥으면 달콤하고
뱀이 기어다니는 무늬
1901년 출생의 각인
먼 옛날이네
나는 아직 태어나지도 않았던 때다

아아 너무나 행복한 감촉
무엇이든 살 수 있는 감촉
껍질 얇은 만주도 살 수 있고
큰 알사탕이 네 개
재로 닦아 반짝반짝 광을 내고
역사의 때를 씻어내고
가만히 내 손바닥에 올려놓고 바라본다

마치 금화 같구나
반짝반짝 빛나는 2전짜리 동전

문진으로도 써보고

배꼽에도 올려보고

사이좋게 놀아주는 2전짜리 동전아

이바라기 노리코(茨木のり子, 1926~2006)

전후(戰後) 일본 문단을 대표하는 여성시인이다. 두 번째 시집인 『보이지 않는 배달부(見えない配達夫)』(1958)에 실린 「내가 가장 예뻤을 때(わたしが一番きれいだったとき)」는 한국에도 잘 알려져 있다. 이바라기는 한국과 특별한 인연이 있는 시인이기도 하다. 한국어를 직접 배웠을 뿐 아니라 동시대 한국 시인들의 시를 일본어로 번역하였고, 시와 수필을 통해 한국 문화를 알리기도 했다. 윤동주의 시와 생애에 대해 쓴 수필은 일본에서 잔잔한 반향을 불러일으켰으며, 「바람과 별과 시」라는 제목으로 일본의 고등학교 국어 교과서에도 수록되었다. 이바라기는 한국어를 공부하는 과정에서 많은 한국인들을 알게 되었고, 한국을 수차례 방문하면서 한국 문화를 몸소 체험했다. 이러한 경험을 토대로 집필한 수필집 『한글로의 여행(ハングルへの旅)』(1986)은 한국 문화 입문서로서 지금도 많은 사람들의 사랑을 받고 있다.

다나베 세이코(田辺聖子, 1928~2019)

오사카 출신으로 오사카를 배경으로 한 작품을 많이 그려냈다. 50년 넘게 집필활동을 하면서 600여 편에 이르는 작품을 썼으며 고전작품 번역, 번안도 활발하게 했다. 『감상여행(感傷旅行)』(1964)으로 50회 아쿠타가와상을 수상했고, 2000년 일본문학에 대한 공로를 인정받아 국가문화공로자로 선정되었으며 2008년에 문화훈장을 받은 일본을 대표하는 여성작가이다. 여성의 일과 사랑, 여성으로 살아간다는 것의 즐거움과 고달픔을 경쾌하고 일상적인 언어로 그려낸다는 평을 받고 있다. 후배 여성작가들로부터 많은 존경을 받으며 여성 독자들에게 많은 사랑을 받는 것으로 유명하다. 대표작으로는 『감상여행』, 『조제 호랑이 그리고 물고기들(ジョゼと虎と魚たち)』(1984), 『아주 사적인 시간(私的 生活)』(1976) 등이 있다.

야마다 에이미(山田詠美, 1959~)

도쿄출신, 메이지 대학 문학부를 중퇴했다. 1985년 성애 묘사와 도발적 상상력으로 신선한 충격을 불러일으킨 『베드타임 아이즈(ベッドタイム アイズ)』로 문예상을 수상하며 데뷔했다. 『솔 뮤직러버즈 온리(ソウル・ミュージック・ラバーズ・オンリー)』(1987)로 제97회 나오키 상, 『애니멀 로직(アニマル・ロジック)』(1996)으로 이즈미 교카상, 『슈거 앤 스파이스(風味絶佳)』(2005)로 다니자키 준이치로상을 받았다. 일상언어를 자유롭게 작품 속에 끌어들이며 종종 파격적인 소재를 다루어 순수문학과 대중문학의 경계에서 자기만의 독특한 세계를 구축해나가는 작가이다.

이외의 대표 작품으로『풍장의 교실(風葬の教室)』(1988),『나는 공부를
못 해(ぼくは勉強ができない)』(1993),『공주님(姫君)』(2001) 등이 있다.

미야베 미유키(宮部みゆき, 1960~)

도쿄 출신, 일본의 대표적인 추리소설가.『마술은 속삭인다(魔術はささ
やく)』(1989)로 일본추리서스펜스대상,『화차(火車)』(1992)로 야마모토
슈고로상,『이유(理由)』(1998)로 나오키상,『모방범(模倣犯)』(2001)로
마이니치 출판대상 특별상을 수상했다. 부동산 문제, 신용불량자 등
현대사회가 낳은 문제와 그 시대를 살아가는 개인의 모습을 날카롭게
그려낸다. 르포식 사회파 미스터리를 쓰는 한편으로는 에도시대를 배
경으로 한 시대물들도 다수 집필하고 있다. 인간과 사회의 문제를 진지
하게 다루면서도 재미를 잃지 않는다는 평가를 받는다. 대표작으로는
『화차』,『모방범』,『이유』,『스나크 사냥(スナーク狩り)』(1992), 오하쓰
시리즈, 미시마야 시리즈 등이 있다.

다와라 마치(俵万智, 1962~)

오사카 출신의 시인이자 수필가. 와세다 문학부를 졸업했다. 1986년
『8월의 아침(八月の朝)』으로 제32회 가도가와상을 수상했으며 1988년
『샐러드 기념일(サラダ記念日)』(1987)로 제32회 현대가인협회상을 수
상했다. 평범한 일상을 소재로 신선하고 반짝이는 단카를 써내는 대표
적인 여성시인으로 전통과 현대를 잇는 역할을 한다는 평가를 받는다.
대표 저서로『샐러드 기념일』,『초콜릿 혁명(チョコレート革命)』(1997),

『미래의 사이즈(未来のサイズ)』(2021) 등이 있다.

에쿠니 가오리(江國香織, 1964~)

도쿄 출신, 델라웨어 대학교 영문학과를 졸업했다. 청아하고 유려한 문체로 유명하며 동화, 소설 에세이까지 폭넓은 집필활동을 하고 있다. 『반짝반짝 빛나는(きらきらひかる)』(1991)으로 제2회 무라사키 시키부 문학상, 『헤엄치기에 안전하지도 적절하지도 않습니다(泳ぐのに、安全でも適切でもありません)』(2002)로 제15회 야마모토 슈고로상, 『울 준비는 되어 있다(号泣する準備はできていた)』(2003)로 제130회 나오키상을 받았다. 그 외의 대표작으로 『냉정과 열정 사이 Rosso(冷静と情熱のあいだ Rosso)』(1999), 『도쿄 타워(東京タワー)』(2001) 등이 있다.

요시모토 바나나(吉本 ばなな, 1964~)

도쿄 출신의 소설가, 수필가. 아버지는 문학평론가인 요시모토 다카아키(吉本隆明, 1924~2012)로서 어릴 때부터 자연스럽게 문학을 접했다. 성별 불명, 국적 불명의 독특한 필명은 열대 지방에서만 피는 붉은 바나나 꽃을 좋아해서 붙인 것이다. 데뷔작 『키친(キッチン)』(1987)으로 가이엔 신인 문학상, 이즈미 쿄카상을 받았고 『츠구미(TUGUMI)』(1989)로 제2회 야마모토 슈고로상을 받았다. 젊은 여성들의 일상 언어를 그대로 옮겨 놓은 듯한 문체와 친밀감 있는 표현으로 젊은 여성들에게 사랑 받았다. 술술 읽히는 쉽고 담백한 문장이 특징이며 가까운 사람이 세상을 떠난 후 이를 치유하는 인물들, 오컬트적인 소재 등을 자주 사용한다. 일본뿐 아니라 전 세계에 수많은 열성 팬을 가지고 있다. 그 외의 대표작으로는 『키친』, 『도마뱀(とかげ)』(1993), 『암리타(アムリタ)』(1994), 『하드보일드 하드럭(ハードボイルド/ハードラック)』(1999) 등이 있다.

미나토 가나에(湊かなえ, 1973~)

히로시마 출신. 서른 살이 되어서야 글을 쓰기 시작한 늦깎이 작가이다. 2007년에 단편 「성직자(聖職者)」가 제29회 소설 추리 신인상을 수상하면서 본격적으로 이름을 알리기 시작한다. 이 단편으로 시작되는 연작을 모아 2008년 장편소설 『고백(告白)』을 발표, 큰 인기를 끌었다. 『유토피아(ユートピア)』(2015)로 제29회 야마모토 슈고로 상을 수상하는 등 독자와 평단 양쪽의 인정을 받고 있다. 여성을 주인공으로 한 작품이 많으며 현실적인 사회 문제를 테마로 다룬다. 대표작은 『고백』, 『속죄(贖罪)』(2009), 『N을 위하여(Nのために)』(2010) 등이 있다.

미우라 시온(三浦しをん, 1976~)

도쿄 출신으로 와세다대학 문학부를 나왔다. 원래 출판사에 들어가 편집자가 되고 싶어했으나 모든 면접에서 떨어졌고, 마침 미우라 시온의 글솜씨를 눈여겨본 출판사 관계자의 권유에 따라 글을 쓰기 시작했다. 일상적인 소재를 사용해 해당 분야에 대한 전문 지식과 가치관에 대한 차이 등을 파고드는 경향의 작품을 많이 쓴다. 대표작으로는 135회 나오키상을 수상한 『마호로 역 다다 심부름집(まほろ駅前多田便利軒)』(2006) 및 그 시리즈와 2012년 서점대상을 수상한 『배를 엮다(船を編む)』

(2011) 등이 있다.

무라타 사야카(村田沙耶香, 1979~)

치바 출신으로 다마가와 대학 문학부를 졸업했다. 『수유(授乳)』(2005)
로 제46회 군조신인문학상을 받으며 등단했으며, 20년 가까이 편의점
에서 아르바이트를 해온 작가 자신의 경험을 바탕으로 만들어진 『편의
점 인간(コンビニ人間)』(2016)으로 155회 아쿠타가와상을 수상하며 주
목을 받았다. 『살인출산(殺人出産)』(2014)으로 제14회 젠더감수성상을
받았으며 『보그 재팬』이 선정한 2016년 올해의 여성 중 한 명이기도
하다. 보수적인 가정에서 자라 여성다움을 강요받은 경험 때문에 집필
을 통해 자기해방을 이루어냈다고 고백하고 있다. 이외의 대표작으로
는 『은색의 노래(ギンイロノウタ)』(2008), 『적의를 담아 애정을 고백하
는 법(しろいろの街の、その骨の体温の)』(2012), 『무성 교실: 젠더가 금
지된 학교(丸の内魔法少女ミラクリーナ)』(2020) 등이 있다.

츠지무라 미즈키(辻村深月, 1980~)

야마나시현 출신. 치바대학 교육학부를 졸업했다. 초등학교 3학년 때
처음 쓴 소설이 호러소설일 정도로 어릴 때부터 호러와 미스터리를
좋아했다. 2004년 『차가운 학교의 시간은 멈춘다(冷たい校舎の時は止ま
る)』(2004)로 제31회 메피스토상을 수상하며 작가로 데뷔했다. 『츠나구
(ツナグ)』(2010)로 제32회 요시카와 에이지 문학신인상을 받았고, 범죄
를 테마로 한 소설집 『열쇠 없는 꿈을 꾸다(鍵のない夢を見る)』(2012)로

제147회 나오키상을 수상, 2018년『거울 속 외딴 성(かがみの孤城)』(2017)으로 제15회 서점대상 1위를 수상하며 일본 문학을 이끄는 작가로 자리매김했다. 한국에도 잘 알려진 작품으로는 난임 부부와 열다섯 살 미혼모라는 두 가족을 통해 '가족이란 무엇인가'라는 긴 여운을 남기는『아침이 온다(朝が来る)』(2015)가 있는데 일본에서 큰 반향을 일으키며 영화, 드라마로 제작되었다. 그 외 저서로는『얼음고래(凍りのくじら)』(2005),『테두리 없는 거울(ふちなしのかがみ)』(2009) 등이 있다.

〈조제 호랑이 그리고 물고기들(ジョゼと虎と魚たち)〉(2003)

: 이누도 잇신(犬童一心, 1960~) 감독

영화 〈조제 호랑이 그리고 물고기들〉은 일본의 여성 작가 다나베 세이코의 동명소설 『조제와 호랑이와 물고기들』(1985)을 원작으로 한 작품이다. 장애를 가진 주인공 조제와 그녀를 좋아하게 된 쓰네오의 사랑과 이별을 담담하게 그리고 있다. 절제된 이야기 구성은 일본영화 특유의 아련함과 감성의 여운을 충분히 전달하여 사랑을 소재로 한 대표적인 일본영화의 하나로 자리매김했다. 영화에 이어 2020년에는 애니메이션 〈조제 호랑이 그리고 물고기들〉이 제작, 공개되어 2020년 부산국제영화제 폐막작으로 선정되어 화제가 되기도 했다.

〈불량공주 모모코(下妻物語)〉(2004)

: 나가시마 테쓰야(中島哲也, 1959~) 감독

영화 〈불량공주 모모코〉는 다케모토 노바라(嶽本野ばら, 1968~)의 소설 『시모츠마 이야기』(2002)를 원작으로 한 영화이다. 드레스에 목숨을

거는 엉뚱한 소녀 모모코와 폭주족 소녀 이치고가 독특한 방식으로
연대하고 우정을 나누며 자신들만의 행복을 찾아가는 과정을 감동적이
고 유쾌하게 그려내고 있다. 2004년 칸영화제에서 '흥미진진한 스토리
와 감각적인 영상'이라는 평가를 받으면서 국제적인 주목을 받은 바
있으며, 일본의 권위 있는 영화 잡지 『키네마준포』가 선정한 2004년
일본영화 베스트 10에 선정되어 대중성과 작품성에서 모두 인정받았다.

〈카모메 식당(かもめ食堂)〉(2006)

: 오기가미 나오코(荻上直子, 1972~) 감독

영화 〈카모메 식당〉은 소설가 무레 요코(群ようこ, 1954~)가 이 영화를
위해 쓴 소설을 원작으로 만들어졌다. 영화는 '카모메 식당'에서 정성을
다해 음식을 만드는 주인공 사치에와 그런 그녀 곁으로 다가온 미도리
와 마사코, 이 세 여성의 우정에 초점을 맞추고 식당을 찾는 다양한
사람들의 사연을 따뜻한 시선으로 그려내고 있다. 핀란드 헬싱키를 무
대로 한 이 영화는 일본 중년여성들에게 헬싱키 여행붐을 일으키기도
했다. 여행과 음식을 통해서 소소한 행복과 세 여성의 우정을 느낄 수
있는 감동적인 힐링 영화이다.

〈혐오스런 마쓰코의 일생(嫌われ松子の一生)〉(2006)

: 나카시마 데쓰야 감독

영화 〈혐오스런 마쓰코의 일생〉은 일본에서 120만부의 판매고를 올리
며 베스트셀러가 된 야마다 무네키(山田宗樹, 1965~)의 동명소설을

원작으로 한 영화로 주인공 마쓰코의 파란만장한 일대기를 그린 작품이다. 도쿄에서 백수 생활을 하던 쇼는 아버지로부터 행방불명되었던 고모 마쓰코의의 유품을 정리하라는 연락을 받는다. 다 허물어져가는 집에서 이웃들에게 '혐오스런 마쓰코'라고 불리며 살던 그녀의 물건을 정리하며 쇼는 한 번도 만난 적 없는 고모 마쓰코의 일생을 접하게 된다. 이 영화는 일본에서 큰 반향을 일으키며 드라마, 뮤지컬로도 제작되었다.

〈고백(告白)〉(2010)

: 나카시마 테쓰야 감독

영화 〈고백〉은 미나토 가나에(湊かなえ, 1973~)의 동명소설 『고백』(2008)을 원작으로 했다. 자신이 근무하는 중학교에서 어린 딸을 잃은 교사 유코가 봄방학을 앞둔 종업식 날, 학생들 앞에서 차분한 목소리로 자신의 딸을 죽인 사람이 이 교실 안에 있다는 충격적인 사실을 고백하면서 영화는 시작한다. 등장인물들의 고백을 통해 아동학대, 방임, 청소년 범죄, 이지메 등 다양한 사회 이슈를 보여준다. 2011년 30회 홍콩금상장영화제에서 아시아영화상을 받았고 같은 해 34회 일본 아카데미상에서 우수작품상, 우수 감독상, 우수 각본상, 우수 편집상을 받았다.

〈8일째 매미(八日目の蝉)〉(2012)

: 나루시마 이즈루(成島出, 1961~) 감독

가쿠타 미쓰요(角田光代, 1967~)의 동명소설 『8일째 매미』(2007)를 원작으로 한 영화이다. 불륜 상대의 아내가 낳은 아기를 보고 충동적으로 납치해 도망친 기와코와, 기와코를 엄마로 알고 자라다가 친부모에게 돌아와 적응하지 못하는 에리나의 이야기를 다루고 있다. 순간적인 실수로, 또 자의가 아닌 타의에 의해 엇나간 두 여자의 인생을 통해 모성과 가족, 운명, 그리고 인간 존재의 이유를 반추하는 작품이다. 2012년 개봉 당시 35회 아카데미상에서 10관왕을 차지할 정도로 일본 내에서 화제를 모았다.

〈행복한 사전(舟を編む)〉(2013)

: 이시이 유야(石井裕也, 1983~) 감독

2012년 일본서점대상 1위를 차지한 미우라 시온(三浦しをん, 1976~)의 소설 『배를 엮다(舟を編む)』(2011)를 원작으로 한 영화이다. 얼떨결에 사전편집부에 합류한 마지메가 출판사 동료들과 함께 새로운 사전 만들기 프로젝트인 '대도해'에 매력을 느끼고 단어들을 수집하며 차츰 사람들과 언어로 소통하는 즐거움을 배워나가는 과정을 그렸다. 출판현장, 사전을 만드는 데 들이는 정성, 언어에 대한 감각, 그리고 사람들과 주고받는 따뜻한 인간관계를 차분하게 그려냈다.

〈꿀벌과 천둥(蜂蜜と遠雷)〉(2019)

: 이시카와 케이(石川慶, 1977~) 감독

2017년, 제14회 올해의 서점대상 1위를 차지하고 제156회 나오키상을 수상한 온다 리쿠(恩田陸, 1964~)의 동명의 소설을 원작으로 한 영화이다. 피아노 콩쿠르에 참가한 천재적인 피아니스트들의 뜨거운 경쟁과 우정을 다루고 있다. 열정을 쏟는 마음, 타인의 재능을 지켜보는 마음 그리고 선한 마음의 인물들의 경쟁관계를 마치 연주회를 보는 것처럼 그려내고 있다. 2020년 14회 아시안 필름 어워드에서 최우수 음향상, 43회 일본 아카데미상에서 우수 녹음상, 신인배우상을 받았다.

〈막다른 골목의 추억(デッドエンドの思い出)〉(2019)

: 최현영 감독

요시모토 바나나의 동명소설 『막다른 골목의 추억』(2003)을 영화화한 한일합작영화이다. 일본에 있는 약혼자를 만나러 간 주인공 유미는 약혼자 태규에게 여자가 생겼음을 알게 된다. 뜻하지 않은 이별에 낯선 도시를 방황하던 유미는 우연히 막다른 골목에 위치한 카페 '엔드포인트'에 들어선다. 그곳에서 카페 주인 니시야마와 각각의 사연을 가진 새로운 사람들을 만나게 된다. 누구나 인생에서 어쩔 수 없이 만나게 되는 막다른 길, 결혼을 앞둔 약혼자와의 이별 앞에서 유미는 막다른 골목의 끝에서 다시 새롭게 시작할 수 있을까?

〈21세기 소녀(21世紀の女の子)〉(2019)

: 일본 여성감독 15명 합작

15인의 젊은 여성감독들이 여성의 이야기를 담은 감성 옴니버스 영화이다. 일과 미래에 대한 고민, 연애와 사랑, 일상적인 고뇌와 행복 등, 21세기의 여성들이 어떻게 살아가고, 생각하는지 15명의 여성감독들이 스스로의 눈으로 바라보고 질문을 던진다.

감독 상세: 야마토 유키(山戸結希, 1989~), 이가시 아야(井樫彩, 1996~),
에다 유카(枝優花, 1994~), 카토 아야카(加藤綾佳, 1988~),
사카모토 유카리(坂本ユカリ, 미공개), 슈토 린(首藤凜, 1995~),
다케우치 리사(竹内里紗, 1991~), 나쓰토 아이미(夏都愛末,
1991~), 야마나카 요코(山中瑶子, 1997~) 가네코 유리나(金子
由里奈, 1995~), 히가시 가나에(東佳苗, 1989~), 후쿠다 모모코
(ふくだ ももこ, 1991~), 야스카와 유카(安川有果, 1986~), 마쓰
모토 하나(松本花奈, 1998~), 다마가와 사쿠라(玉川桜, 미공개)

참고문헌

권혁인, 『격조와 풍류=格調と風流: 일본 헤이안시대 궁중 여인들의 삶』, 어문학사, 2007.

김정례·강경하 외, 『일본문학을 읽는 시간』, 전남대학교 출판문화원, 2019.

김종덕 외, 『일본 문학 속의 여성』, 제이앤씨, 2006.

신선향, 『일본문학과 여성』, 울산대학교 출판부, 2005

신성향, 『일본 헤이안 시대의 物語문학과 和歌』, 제이앤씨, 2008.

와타나베 스미코, 한일근대여성문학회 역, 『여성문학을 배우는 사람을 위하여』, 어문학사, 2007.

이다 유코, 김효순·손지연 역, 『그녀들의 문학: 여성작가의 글쓰기와 독자에게 응답하기』, 어문학사, 2019.

이지숙, 『일본근대여성문학연구』, 어문학사, 2009

이노우에 기요시, 성해준 역, 『일본여성사』, 어문학사, 2004.

이와부치 히로코·기타다 사치에 편저, 이상복·최은경 역, 『처음 배우는 일본 여성문학사』, 어문학사, 2008.

일본고전독회 편, 『키워드로 읽는 겐지 이야기』, 제이앤씨, 2013.

임용택,『일본의 사회와 문학』, 제이앤씨, 2018.

정순분,『枕草子와 平安文學』, 제이앤씨, 2003.

조혜숙,『일본 근대여성의 시대인식: 여류작가 히구치 이치요의 시선』, 제
　　이앤씨, 2010.

종합여성사연구회, 임명수·최석완 역,『지위와 역학을 통해 본 일본 문화의
　　선구자들』, 어문학사, 2015.

종합여성사연구회, 임명수·최석완 역,『성, 사랑 가족을 통해 본 일본여성
　　의 어제와 오늘』, 어문학사, 2017.

허영은,『일본문학으로 본 여성과 가족』, 보고사, 2019.

황미옥,『일본의 언어와 문화속의 여성상』, 인천대학교 일본문화연구소,
　　2012.

大口勇次郎,『女性のいる近世』, 勁草書房, 1995

後藤祥子·今関敏子·宮川葉子·平舘英子,『はじめて学ぶ日本女性文学史 古
　　典編』, ミネルヴァ書房, 2003.

女性史総合研究会,『日本女性生活史』, 東京大学出版会, 1990

総合女性史学会,『ジェンダー分析で学ぶ 女性史入門』, 岩波書店, 2021.

田渕句美子,『女房文学史論: 王朝から中世へ』, 岩波書店, 2019.

長谷川啓,『家父長制と近代女性文学; 闇を裂く不穏な闘い』, 彩流社, 2018.

林玲子,『日本の近世 (15) 女性の近世』, 中央公論社, 1993.

原豊二·古瀬雅義·星山健,『「女」が語る平安文学』, 和泉書院, 2021.

増田裕美子·佐伯順子 編,『日本文学の「女性性」』, 思文閣, 2011.

藪田貫,『女性史としての近世』, 校倉書房, 1996.

脇田晴子,『日本中世女性史の研究: 性別役割分担と母性・家政・性愛』, 東京
　　大学出版会, 1992.

인용 작품 원텍스트

山口佳紀 註 他,『新編 日本古典文学全集1 古事記』1, 小学館, 1997.

小島憲之 註,『新編 日本古典文学全集9 万葉集』6~9, 小学館, 1995.

菊地靖彦 註 他,『新編 日本古典文学全集 土佐日記/ 蜻蛉日記』13, 小学館,
　　1995.

松尾聰 註 他,『新編 日本古典文学全集 枕草子』18, 小学館, 1997.

阿部秋生 註 他,『新編 日本古典文学全集20 源氏物語』20~25, 小学館, 1994.

久保田淳 註,『新編日本古典文学全集 とはずがたり』47, 小学館, 1999.

長崎健 註 他,『新編日本古典文学全集 中世日記紀行集』48, 小学館, 1994.

金森敦子,『江戸の女俳諧師 「奥の細道」を行く: 諸九尼の生涯』, 晶文社,
　　1998.

伊藤整 等編,『日本現代文學全集 樋口一葉集』10, 講談社, 1969.

与謝野晶子,『みだれ髪』, 新潮社, 2000.

田村俊子,『田村俊子作品集1 あきらめ/ 生血/ 魔/ 離魂他』, オリジン出版,
　　1987.

宮本百合子,『宮本百合子全集3』, 河出書房, 1986.

林芙美子,『新版 放浪記』, 新潮社, 1983.

인용 작품 선행 번역본

제1장

오노 야스마로 편저, 강용자 역주, 『고사기』, 지식을만드는지식, 2014.

오노 야스마로 편저, 노성환 역주, 『고사기』, 민속원, 2009.

오노 야스마로 편저, 권오엽 역주, 『고사기』, 충남대학교 출판부, 2000

이연숙 역주, 『한국어역 만엽집』(전 14권), 박이정, 2012~2018.

최광준 역주, 『만요슈』(전 3권), 서울대학교 출판문화원, 2018.

제2장

미치쓰나의 어머니, 이미숙 역주, 『가게로 일기(아지랑이 같은 내 인생)』, 한길사, 2011.

세이 쇼나곤, 정순분 역주, 『베갯머리 서책(마쿠라노소시)』, 지식을만드는 지식, 2015.

무라사키시키부, 이미숙 역주, 『겐지 모노가타리』(전3권), 서울대학교 출판 문화원, 2017.

무라사키시키부, 김난주 역주, 『겐지이야기』(전10권), 한길사, 2017.

제3장

고후카쿠사인 니조, 김선화 역주, 『도와즈가타리』, 학고방, 2014.

아부쓰니, 김선화 역주, 『우타타네 이자요이 일기』, 제이앤씨, 2010.

제4장

가가노 지요니 외 40인, 『열두 개의 달 시화집』(전 3권), 저녁달고양이,
　　2018.

제5장

히구치 이치요, 임경화 역, 『키재기』, 을유문화사, 2010.

히구치 이치요, 김효순 역, 『일본 근현대 여성문학 선집 1: 히구치 이치요』,
　　어문학사, 2019.

요사노 아키코, 김화영 역, 『일본 근현대 여성문학 선집 2: 요사노 아키코
　　(1)』, 어문학사, 2019.

요사노 아키코, 엄인경·이혜원 역, 『일본 근현대 여성문학 선집 3: 요사노
　　아키코(2)』, 어문학사, 2019.

요사노 아키코, 박지영 역, 『헝클어진 머리칼』, 지식을만드는지식, 2022.

다무라 도시코, 이상복·최은경 역, 『일본 근현대 여성문학 선집 4: 다무라
　　도시코』, 어문학사, 2019.

히구치 이치요 외, 이지숙 역, 『일본 근대 여성문학 입문: 명치·대정기 여성
　　작가』, 어문학사, 2005.

미야모토 유리코, 한일여성문학회 역, 『노부코』, 어문학사, 2014.

미야모토 유리코, 김화영 역, 『일본 근현대 여성문학 선집 9: 미야모토 유리
　　코(1)』, 어문학사, 2019.

미야모토 유리코, 진명순 역, 『일본 근현대 여성문학 선집 10: 미야모토
　　유리코(2)』, 어문학사, 2019.

하야시 후미코, 김효순 역, 『일본 근현대 여성문학 선집 12: 하야시 후미코 (1)』, 어문학사, 2019.

하야시 후미코, 김효순·오성숙 역, 『일본 근현대 여성문학 선집 12: 하야시 후미코(2)』, 어문학사, 2019.

'여성'과 '젠더'는 최근 몇 년 간 세계적으로 가장 뜨거운 화두 중 하나이다. 한국과 일본도 예외는 아닌데, 주목할 만한 점은 조남주의 『1982년생 김지영』(국내 출판 2016년)이 일본에서 누적 판매 20만부(2022년 기준)를 넘어서 베스트셀러가 됐다는 사실이다. 이 소설은 10여 개국에서 번역 출판되었고 30만부 이상이 판매되는 등 좋은 평가를 받았지만 그 중에서도 일본의 독자들이 가장 많이 읽고 공감했다. 그 영향 때문인지 일본서점에서는 '한국여성작가 시리즈 페어'를 흔히 찾아볼 수 있고 한국여성작가 앤솔로지도 출간되고 있다.

이웃나라의 여성문학에 반응한 것은 일본뿐만이 아니다. 한국 독자들은 그보다 먼저 2000년대 초반부터 에쿠니 가오리와 요시모토 바나나, 미야베 미유키 등 많은 일본 여성 작가들을 사랑했고 그러한 관심과 사랑이 일본문학 붐으로 이어졌다. 최근에는 일본의 주요 여성작가들의 작품을 망라한 『일본 근현대 여성문학선집』(전 18권, 2019)이 출간되었다. 소설 분야뿐만이 아니다. 인문사회와 에세이,

나아가서는 영화와 드라마까지 다양한 분야의 일본 여성작가가 소개되고 있다. 우리는 지금 여성작가의 글을 통해 공감하고 연대하고 있는 것이다.

한일 양국의 독자들이 이웃나라 여성작가들의 문학에 이토록 관심을 갖는 이유는 무엇일까? 더욱이 한일관계가 경색되고 반일과 혐한의 말들이 난무하는 가운데 가속도를 내며 진행되고 있는 이러한 움직임들을 어떻게 보아야 할까? '여성'의 시점에서 일본문학을 보면 그동안 우리가 보아왔던 것과는 다른 무엇을 볼 수 있을까?

이 책은 이러한 질문에서 시작했다. 그리고 이 책을 서둘러 집필하게 된 직접적인 이유는, 캠퍼스 안 문학 강의실에서 '여성'과 '젠더' 문제를 놓고 남녀 학생들이 열띤 토론을 할 때, 정작 '여성'을 키워드로 일본의 고대부터 근현대를 아우르는 문학 레퍼런스가 부족하다고 생각했기 때문이다. 문학의 힘이 약해진 지금이기에 더욱 절실했다.

따라서 일본 여성작가들이 쓴 문학의 역사성과 현대성을 조명하고 특수성과 보편성을 통찰하는 것을 목표로 다음과 같이 구성했다.

먼저 고대부터 근대까지의 일본문학 속 여성작가에 주목하여 각 시대를 개관하고 여성작가와 그들의 작품을 선정하여 번역을 시도했다. 작가 선정은 작가가 지닌 시대적 대표성을, 작품 선정은 여성의 삶과 그들을 둘러싼 환경 등이 잘 나타난 텍스트를 우선으로 하되, 텍스트 중 일부를 발췌하여 번역하고 가독성을 높이기 위해 각 단락마다 임의로 소제목을 붙였다. 소설은 지면 관계상 원문을 실지 못했지만, 시 장르[고대가요와 와카(단카), 하이쿠]는 감상을 돕기 위해 원문을 함께 실었다.

시대별로 정리한 각 장의 여성작가와 작품 내용은 다음과 같다.

1장 고대(~794)에서는 『고사기』와 『만요슈』 속 여성시인들의 활동에 대해서 살피고 그중에서도 이와노히메와 누카타노오키미를 특히 비중 있게 다루었다. 『만요슈』에 가장 많은 시를 수록한 여성시인은 사카노우에노 이라쓰메(坂上郎女, 8세기 중반 활약, 84수 수록)이지만 이 책의 집필의도에 맞추어 누카타노오키미(『만요슈』에 12수 수록)를 선정했다. 사카노우에노 이라쓰메의 사랑시도 훌륭하지만, 누카타노오키미는 여성천황을 대신해 시를 짓는 대작시인으로 일본 최초의 여성전문시인이라 할 수 있으므로 그의 문학사적 위치를 의미 있게 다루고 싶었기 때문이다. 또한 이와노히메의 경우 수록된 편수는 적지만 『고사기』와 『일본서기』에 수록된 시와 『만요슈』에 수록된 시가 상이한 점에 주목하여 책의 성격에 따라 극단적으로 달라지는 작가의 캐릭터를 부각시키고자 했다.

2장 중고(794~1192)에서는 일본문학사에서 최고로 꼽히는 『가게로 일기』와 『겐지 모노가타리』, 『마쿠라노소시』를 통해 일본 역사상 가장 화려했던 이 시기를 살았던 여성들의 꿈과 고뇌, 일상을 들여다보고자 했다. 이 시대는 교토의 귀족문화가 융성하고 일본문자 가나가 만들어졌던 시기인 만큼 주로 여성들이 가나 문자를 이용해 지적이고 생생한 문학활동을 했고, 그들의 문학적 성과가 어떻게 후대에 이어지는지에 대해 조망하고자 했다.

3장 중세(1192~1603)에서는 근대 이전 일본의 대표적인 팜므파탈
로 꼽히는 고후카쿠사인 니조가 자신의 숱한 연애를 고백적으로
서술한 『도와즈가타리』와 야심적인 여성 아부쓰니의 소송 여행기
『이자요이 일기』를 통해 당시 여성들의 대범함과 강인함에 주목했
다. 이 시대는 교토의 귀족사회가 쇠퇴하고 무사들이 주도하는 칼의
시대였던 만큼 가부장제가 강화되어 여성의 활동이 제한되고 문학
활동이 그만큼 사그라들었던 시기이기도 하다.

　4장 근세(1603~1868)에서는 하이쿠 시인 가가노 지요조와 아리이
쇼큐니를 다뤘다. 막부의 명을 받아 제11차 조선통신사(1763) 일행
에게 하이쿠를 헌상했던 지요조, 안정된 삶을 박차고 나와 마쓰오
바쇼의 『오쿠노호소미치』 여행의 자취를 따라 동북지방을 여행하
고 자신의 여행기를 남겼던 쇼큐니는 성향은 달랐지만 두 여성 모두
당대에 존경받는 하이쿠 시인이었다. 근세시대는 긴 전쟁의 시대가
끝난 후에 찾아온 260여 년의 평화시기이자 향락의 시대였지만, 이
는 남성에게만 국한된 것으로 여성의 활동은 더욱 제한되었다. 가부
장적인 당시 사회에서 사회적 시선을 아랑곳 하지 않고 자유로운
영혼으로 문학활동을 이어간다는 것이 이 두 시인에게, 그리고 이후
의 일본 여성문학에서 어떤 의미를 갖는지에 대해 사유하고자 했다.

　5장 근대(1868~1945)의 여성작가와 작품에서는 근세와 근대의 경
계인으로서 근대 최초의 직업작가였던 히구치 이치요, 근대 '신여
성'의 욕망과 야망을 삶과 문학으로 관철시키며 관능적인 시를 써서
당대의 젊은이들을 열광시켰던 요사노 아키코, 여성의 정조관념에

대한 사회적 인식의 차이를 예리하게 지적한 다무라 도시코, 근대여성의 결혼에 대한 인식을 다룬 미야모토 유리코, 고단한 삶을 소박하고 유머러스하게 담아낸 하야시 후미코 등을 다뤘다. 근대는 메이지유신(1868) 이후 유입된 서양문물의 영향으로 여성들의 교육의 기회와 직업선택의 자유가 주어지면서 문학활동도 활발해졌던 탓에 많은 여성작가들의 다양한 문학적 성과가 있었던 시기이기도 하다. 하지만 이 시대의 여성들은 근대 '일본제국'이 원하는 '현모양처'와 자유로운 자아실현 사이에서 순응하거나 싸워야 했는데, 고뇌하며 투쟁했던 그들의 흔적을 싣는 것에 의미를 두고자 했다.

이처럼 고대에서부터 근대까지 각 시대를 대표하는 여성작가들의 삶과 문학을 읽어가는 동안, 남성에 비해 제한된 환경에서도 자신의 삶을 개척하고 예리한 자의식을 바탕으로 문학활동을 이어갔던 그들을 마주하는 것은 새로운 발견이고 기쁨이었다. 여건상 이 책에 싣지 못한 작가와 작품들, 특히 현대의 작가에 대해서는 다음 기회로 미루고자 한다.

모쪼록 이 책이 고대부터 근대에 이르기까지 시대와 맞서 싸우거나 또는 순응하고 버텨냈던 일본 여성들의 삶과 문학에 대해 사유하는 레퍼런스로서 캠퍼스 안팎에서 읽혀지기를 바란다. 나아가 이 책을 손에 든 독자들에게 이웃나라 여성들의 삶과 문학 속에 깃든 기쁨과 고뇌의 구체적 모습이 그대로 전해지기를, 그리하여 현재를 사는 우리들이 공감하고 연대할 수 있는 통로로 이어지기를 간절히 바란다.

마지막으로 이 책을 펴내기까지 많은 분들의 도움을 받았다. 먼저 전체적인 자료 재확인 및 교정을 도와준 강경하 님과 김희경 님, 정수경 님에게 고마움을 전한다. 아울러 편집과 출판에 힘써주신 경진출판 양정섭 대표님께 진심으로 감사드린다.

2023년 초봄

김정례·조아라

편역저 김정례

전남대학교 일어일문학과 교수.
전남대학교 일어일문학과를 졸업하고 도호쿠(東北)대학 대학원 석사 및 박사과정을 수료했다.
일본의 국제일본문화연구센터와 국문학연구자료관, 교토대학의 초빙교수를 지냈다. 일본고전
시가와 전통문화에 대해 연구하고 있으며 주요 저역서로 『바쇼의 하이쿠 기행』(총 3권), 『일본
고전시가선』, 『일본문학을 읽는 시간』(공저), 『언어 속의 한일관계(言語の中の日韓関係)』(공
저), 『사상공간으로서의 한일관계(思想空間としての日韓関係)』(공저) 등이 있다.

편역저 조아라

전남대학교 일어일문학과 강의교수.
전남대학교 일어일문학과를 졸업하고 동 대학 대학원 석사 및 박사과정을 졸업했다. 일본문학
속에 나타난 여성의 모습에 천착한 「일본 고전문학에 나타난 악녀상(惡女像) 연구」로 문학박
사학위를 취득했으며 현재 번역가로 활동하고 있다. 주요 역서로 『프랑켄슈타인 콤플렉스』(공
역)가 있다.

일본 여성작가선: 고대부터 근대까지

© 김정례·조아라, 2023

1판 1쇄 인쇄_2023년 02월 15일
1판 1쇄 발행_2023년 02월 28일

편역저_김정례·조아라
펴낸이_양정섭

펴낸곳_경진출판
　　　등록_제2010-000004호
　　　이메일_mykyungjin@daum.net
　　　사업장주소_서울특별시 금천구 시흥대로 57길(시흥동) 영광빌딩 203호
　　　전화_070-7550-7776 팩스_02-806-7282

값 15,000원
ISBN 979-11-92542-31-7 93830